JN135197
私、気楽な冒険者でいたいのに！
～どうのつるぎ＋999の前には伝説の剣もかないません～
△iX
Saito
朝日川日和［イラスト］
Illustration Hiyori Asahikawa
UG novels

ルヴルフ
クリシュナ
っひ、う！　そこは……。んんっ、
っち、乳は出る。われらはみな、
母の乳で育つからのぅ。
ひゃっ、ひゃめっ

ヴァレンシア
ガラダ
フェンレッタ
アイシャ
そのっ！　どうしたら、
そんなに大きくなれますか⁉

うふふ……シュナちゃん、
可愛い……
……おへそ出してるんだから、
リボンはいらなくない？

UG novels

私、気楽な冒険者でいたいのに！

～どうのつるぎ＋９９９の前には伝説の剣もかないません～

Saito

［イラスト］
朝日川日和

Illustration Hiyori Asahikawa

三交社

私、気楽な冒険者でいたいのに！
～どうのつるぎ＋９９９の前には伝説の剣もかないません～

［目次］

Contents

プロローグ　シュナ、ブロンズソードを拾う

ヒンメルズ・リッター。

聖霊系、第六位階の召喚獣。白く輝く神々しい鎧に身を包んだ、ケンタウロスのドクロが宙に浮いている。手にはでっかい槍を持って。この説明で、どんな姿か想像つくだろうか。

神の使者たるその姿は、人間の身では抗うことの出来ない絶対の死を予感させるに充分な威容を放っている。そのドクロの騎士の後ろで、かなりポッチャリ……ええと、ふくよかな……いや、貫禄のある体格の司祭さんが高らかに笑っている。

「はーっはっは！　キサマもこれで終わりだ！　神の下僕たるこの私に逆らった件について、神の御前にて申し開きでもするんだなぁっ！」

あーあーあ。可哀相に、孤児院のシスター、あんなに怯えちゃって。つか、たかだか孤児院の乗っ取りのためだけに、あんな国家間の戦争における最終兵器にもなりうる化け物を召喚するかね？

まぁ、仕方ないか。ついこのあいだ、元Sランク冒険者を返り討ちにされたばかりだもんね。

「では、ほいっと」

私は気の抜けたかけ声とともに、手にした剣を振り下ろした。

「ば、バカなぁぁあああぁぁぁっ!?」

司祭さんが絶叫した。それもそのはず。私の剣の一振りで第六位階の超級の化け物が、一瞬にして消滅してしまったのだから。別に、私がすごいわけじゃない。すごいのは、この剣だ。話は、数か月前までさかのぼる。

＊　＊　＊　＊　＊

私の名前はクリシュナ・ロムン・パディナ。パディナ村から来たクリシュナってわけ。性別は女で、年は十六歳。駆け出しの冒険者をやっていた。

ド田舎の出身だからね。口減らしのために、子供たちの多くは町へ放り出される。雑用の仕事が見つかればよし。住み込みの案件なんて見つかればかなりよし。女を売る仕事も、まぁ、マシなほう。中でも冒険者は……最悪の部類だ。なにせ、命の保証がない。

たまたま、〈鑑定〉のスキルを持っていたから、ドロップアイテムを売るのに損をさせられることも少なかった。もっとも、冒険者になりたての頃は、女だから、子供だからと甘く見られ、脅しに近い交渉の末、泣く泣く相場の三割ほどの値で買い叩かれたこともままあったけど。

冒険者になって一年。

信頼のおける買い取り業者とも巡り会い、カツカツではあるけれども何とか毎日生きていけるだけのお金をもらえるようになっていた。そんな時だ。私がこの剣に出会ったのは。

（当時の回想）

「おっ、スケルトンじゃーん。こいつ、弱いわりに、持ってる剣が消えずに残るから、結構おいしいんだよね」

格好の獲物を見つけた私は舌なめずりでもせんばかりの勢いだった。もっとも、スケルトンを弱いと言えるのは私みたいな駆け出しの冒険者たちの中でも一握りだそうだけど。こいつ程度の動きなら、私には止まって……は言い過ぎだが、かなり緩慢に見える。

「一体、二体……全部で六体か。そろそろレザーアーマーもヘタってきたし、修理に出したいんだよなぁ。せめて二体！　出来れば三体、ドロップしてくれぇ」

もちろん、六体もの相手に一人で突っ込むようなバカはしない。冒険者は冒険しないというのは有名な言葉で、無茶は禁物。一瞬の油断が命取りになる。

「そうは言っても、私みたいなソロの冒険者だと、狩り方にも工夫が必要なんだけどね」

あいつらは目が悪い。

あ、いや、目はないんだけど、生命の感知範囲というのかな？　それが狭い。近寄られたら脅威だけど、遠くから攻撃すると、こちらを認識できなくて右往左往する様子が見られたりする。かと言って、肉のないあいつらの体に矢は効果が薄いわけで。

「あいつらに効く打撃属性の矢もあるらしいけど、衝撃をもろに受ける分、すぐに折れて再利用しにくいらしいし……そんなお高いもの、駆け出しの冒険者にはね」

なら、どうするか。

私はロープを投げ縄の要領で結び、頭上で回転させた。天然の岩肌がむき出しのダンジョンはところどころ出っ張っているから、引っかからないように注意が必要だ。コンパクトな回転で勢いをつけて……投げる。

「ほっ」

物陰から投げたロープが、やつらの一体の首にかかる。そのままぐいっとロープを引いて、一体だけを物陰に引きずり込んだ。残った五体は一体いなくなったことに、気づいてすらいない。鈍いやつらめ。

「悪く思うなよ」

丸っきり悪役のセリフを吐いて、じたばた暴れるスケルトンの目に短剣を差し込む。頭蓋骨に守られた、スケルトンを動かす小指大の魔石にひびが入る。人間の脳に秘められた大量の魔力が、ダンジョンという特殊な環境下では消滅せずに結晶化してこうなるらしいけど……。生前の意志などは完全に失われているので、躊躇はいらない。

「やりぃっ！　ブロンズソードが残りそう！」

スケルトンの体はボロボロ崩れてダンジョンに吸収されていくけれど、彼（彼女？）の持っていたブロンズソードは崩れ始める兆候が見えない。

「ふっふっふ。プラスつかないかな～」

ドロップアイテムとして残りそうなブロンズソードを〈鑑定〉スキルで観察する。私はこの瞬間が好きだ。どんな魔力が籠るか、わくわくする。何の魔力も籠らない場合もあるけれど、ブロンズソードは一番弱いドロップアイテムなだけあって、結構な確率でプラスがつく。

「この前みたいに、プラス3まで行かないかな～？　あの時は豪遊できたよなぁ。装備を一新できたし、お風呂のある宿に一か月も住めたもんね。もし万が一、プラス4以上なんてついたら、買い取り値はどうなっちゃうんだろう」

プラスがいくつ付くかは、モンスターの強さとあまり関係がない。コイン投げで、表の面を何回出し続けられるかみたいなものだと、先輩冒険者は言っていた。

「きたっ！」

私が熱心に床に落ちたブロンズソードを見ていると、今にも消えそうなスケルトンの体から、魔力の残滓のようなものがブロンズソードに乗り移る……かに見えた。

「ついた！〈鋭利化〉か。悪くない」

魔法の武器につく効果は〈鋭利化〉か〈命中〉がほとんどだ。ついた効果の数だけ、ブロンズソード＋いくつ、なんていうふうに呼ぶ。

王都のほうじゃ、最大でブロンズソード＋20まで確認されたことがあるらしい。さすがに伝説の武器には及ばないけれど、〈鋭利化〉プラス13（と、他の効果七つ）の切れ味は、ドラゴンの鱗でも切り裂けるんだとか。プラス1だと、せいぜいキルト……つまり布の鎧を、切り裂ける程度なんだけどね。今はとある侯爵家が『スケイルスラッシュ』なんて大層な名前をつけて家宝にしているという話だ。

ごく稀に、〈魔法発動：火魔法（小）〉なんてのがつくこともあって、レアな効果がついた武器はプラス1でも結構な値で取り引きされる。まぁ、私はこれまで何本もブロンズソードを拾ってきたけれど、いまだにお目にかかったことはない。

「さて。残りの五体もちゃちゃっと片づけちゃうか」

私は気合を入れなおし、再びロープを振り回した。

「おほーっ！　大漁大漁！」

私はにやける口元を抑えられなかった。五体狩ってドロップは三本。しかも、すべてにプラスがついた。

一本なんか、プラス2だ。効果は〈命中〉プラス2。このぐらいの価格帯の魔法の武器なら、効果は複数あるよりも特化型のほうが好まれるから、そこそこいい値段で売れるだろう。今日の稼ぎなら、レザーアーマーを修理に出してもなお、豪華な夕食が食べられる。

「今日はもう引き返してもいいんだけど……お前も一人じゃ淋しいだろうからね。仲間のもとに送ってやろう」

再び悪役みたいなセリフを吐き、最後の一体に向けてロープを投げる。が、目測を誤った。ロープはスケルトンの首にかかることなく、やつの頭蓋骨にぽすんと当たって地に落ちた。

「ギギッ!?」

「しまった！」

スケルトンはキョロキョロ辺りを見回す。

（お願い、気づかないで……！）

戦って勝てないわけじゃないけれど、危ない橋を渡る気はない。いつもなら余裕の相手に、ほんの少しの不運が重なって冒険者生命を絶たれた話なんて腐るほど聞く。

だが、スケルトンは気づいた。床に転がっているロープの先に、狼藉者がいることを。

「まずい、目（？）が合った！」

瞬間、スケルトンが凄まじい速さで私のほうへと肉薄してくる。〈ソード・バッシュ〉とか、または〈強襲〉なんて呼ばれるスケルトンの固有能力。中距離を一瞬で走破する、移動強撃だ。

「わわっ！」

慌てて剣で受け、足払いを試みる。だが、蹴りだした足は虚しく空を切り、体制を崩した。

「まずい、完全に相手のペースだ！」

スケルトン、怒涛の乱撃。私はそれに対処するので精いっぱい。気持ちばかり焦っても、なかなか体はついてこない。

（落ち着け、落ち着け……。本来なら負けるような相手じゃない）

だがさらに、私の焦りに追い打ちをかけるような出来事が起こる。ダンジョンの天井から、虹色のしずくが一滴落ちたかと思うと、『ソレ』はそこらじゅうを跳ね回り始めたのだ。

「な、なにこれ!?　敵なの？　それとも罠？　こんなの見たことない！　虹色の……す、スライム？」

スケルトンの猛攻に、辺りを飛び回る虹色のスライム。頭の中は最高にパニック状態。

と、その時、一条の勝ち筋が見えた。

（スケルトンのやつ、さっきから左腕が上がってない……？　そうか、だいぶ壁に近いところにいるから、左腕を上げるのに邪魔なんだ！）

相手の左側から急所を攻撃すれば、防がれることなく一撃で仕留められる。壁際ギリギリの位置だけど、私なら正確に貫ける。

もう、その直感に賭けるしかない！

「えええいっ！　当たれぇっ！」

私は全力で剣を突き出した。すると、偶然にも――そこらじゅうを跳ね回っていた虹色のスライムが、私の剣と、スケルトンの急所との間に躍り出た！

私の剣はそのままスライムごとスケルトンの左目を貫き、奥にある魔石を破壊する。スケルトンがゆっくり倒れ、私もまた尻餅をついて荒い息を吐いた。

「はぁっ、はぁっ、はぁっ。……あーっ、疲れたぁ！　っていうか、飛び出てきたスライムまで切っちゃったよ。スライムって、何かドロップするのかな」

スケルトンの体がぐずぐず崩れていく。

「よし……。まずは剣が残りそう。これだけ苦戦させられてノードロップってことも普通にあるからなぁ。とりあえず、これで今日の収穫は四本か。大漁だぁ……うふふ」

もしかしたら、一晩ぐらいならお風呂付きの部屋に泊まれるかも知れない。

〈鑑定〉スキルで、プラスがつかないか慎重に見守る。

「……おっ、まずは〈鋭利化〉か。いいね！　今日は四本全部プラス付き!?　この調子でプラス２来い！　何の効果でもいいから！」

すると、消えゆくスケルトンの体からさらなる魔力が剣に宿るのが見えた。

「おお～！　すごい、すごいよ！　また〈鋭利化〉がついた！　今日はどうなってんの?!　〈鋭利化２〉と〈命中２〉の武器なんて、大収穫だよっ！」

……だが、私はまだ知らなかった。そんなのはまだ序の口だってことを。

「ええっ!?　ま、まさか……プラス３がつくというの?!　また高級宿に一か月……いや、売らずに自前の武器にして、初級者用ダンジョンを卒業するというのもありかも知れない。あぁん、でも、お風呂……」

そんなことを言っている間にも、どんどんスケルトンの体から魔力が流れていく。

「ぷ、プラス4……!? は、初めて見た……！ 高級宿に泊まっても、さ、三年は遊んで暮らせるんじゃ。し、しかも、効果は〈鋭利化4〉だ……スケイルスラッシュとまではいかなくても、オークキングやロックトロールぐらいなら切り裂ける……？」

私はだんだん怖くなってきた。だけど、そのブロンズソードは、それからもコイン投げで表を出し続ける。

「ぷ、プラス5……な、なに、〈次元収納〉って……」

「プラス7……なによ、〈契約武器〉なんて。聞いたことない……」

「ぷ、プラス10……家が……家が買える」

「は、はは。プラス20……ついにスケイルスラッシュに並んじゃった。それで、効果は……〈成長合成〉？」

もはやスケルトンの体からではなく、ダンジョン自体から、そのブロンズソードに無限に魔力が流れ込み続けているように見えた。

「プラス99……さ、さすがにここで打ち止めだよね……？」

「プラス１００……まだ続くのかい」

「プラス２６９……〈鋭利化99〉……ふふっ」

「プラス３２７。ようやく〈魔法発動〉シリーズが終わったのね。それで、お次の効果は〈聖霊系特攻〉か。これから、〈特攻〉シリーズが続く、なんてことないよね？」

「プラス６８２……〈限界突破〉」

「プラス６９５……マジか、また〈鋭利化〉が上がり始めた。どこまでいくのよ」

「プラス８１９。ここに来て〈能力偽装〉か。なんかショボく見える。はは……」

「プラス９０７……〈並列知能〉……？」

そして。

「プラス９９９……〈無限〉……」

私はしばらく待った。だが、魔力付与はそれで打ち止めのようだった。

「は、ハハハ。まさか、プラス９９９なんて、ね？　あるわけないよね？　あ！　そうか！　私の〈鑑定〉スキルがおかしくなったんだよ。そーだそーだ、そうに違いない」

試し振りをしようと、私は剣を拾い上げた。

『持ち主をクリシュナ・ロムン・パディナと認定。契約を完了しました。これより、当武具は〝クリシュナの剣〟と命銘。マスター以外のいかなる者にも使用不能となります』

と、耳の奥で変な声が聞こえたような気もするけど……気にしない。

「幻聴、幻聴。この剣だって〈鋭利化１２０〉なんてついてない、単なるブロンズソードだよ。だから、岩に打ちつければ、ほら……」

そう言いながら、私は剣を振り下ろした。

で。

「わぁ、明るい……」

私の剣はダンジョンの天井を切り裂き、暗い地の底に、太陽の光をもたらしたのだった。

+001　シュナ、町を出る

再び、現在。

「はいは～い。皆さん、ちゅーもーく」

ヒンメルズ・リッターなんて決戦級の大使徒を一目見ようと、孤児院の周りには大勢の野次馬が集まっていた。ただ、そんな化け物を一撃で倒したなんて知られてしまったら、私の平穏無事な生活が脅かされるわけで……。

単に、孤児院の子供たちをゲスな貴族に売り渡そうとしていた司祭さんから、子供たちと、それからシスターを守りたかっただけなんだよな。町に来たばかりの頃、空腹で倒れていた私に、シスターはクッキーを分けてくれたんだ。それから淋しくなると、たまに孤児院に顔を出していた。

「はいはーい！　ヒンメルズ・リッターを倒したこの剣、皆さん気になりますよね？　気になりますよね？　今ならなんと、一名の方に、この剣をあげちゃいま～す！　注目、ちゅうも～く！」

ちょっと高いところに立って、私は野次馬全員に聞こえるように呼び掛けた。

「うおおおおっ」

「マジかぁああっ！」

「あんな剣があれば俺だって！」

「俺に寄越せえええええ！」

と、その場にいた全員が、私の剣に注目した。その隙を見計らって――――

ぴかっと、剣が光った。

「あ、あれ？　俺たちは何をしていたんだ？」

「確か、司祭様が珍しい使徒を見せてくださるというんで来たんだっけ」

「あぁ、確かにすげぇ使徒だった。鳥肌が立ったぜ」

「あんな恐ろしい力に守られているなら、俺たちの町も安泰だな」

「司祭様はいいのかな。あれほどの使徒を呼び出すには、凄まじいまでの魔石を食うだろ。俺たちに見せるためだけに呼び出して、その、フトコロは大丈夫なのか……」

その場にいた全員が、私と、私の剣のことを綺麗さっぱり忘れてしまった。ブロンズソード＋999に込められた魔力の一つ〈記憶操作〉を使ったのだ。

「だけど、これでもうこの町にもいられないなぁ……。私のことは、なんかすげぇヤツっていう印象だけは残るみたいだし」

ため息をつきつつ、剣をさする。

「ま、どのみち、これが最後の、お世話になった人への恩返しのつもりだったからな。こつこつ貯めたお金で、旅にでも出るか」

いまだざわつく野次馬たちを見つめながら、私はそうひとりごちた。

翌朝。私は、町から出る定期の馬車便に乗っていた。いつもなら結構人が多いんだけど、今日は偶然にもお客は私一人だ。

「これでスコンプともお別れかぁ……」

なんか、感慨深いものがある。

パディナ村から出てきて、ずっとお世話になっていた町だもんね。それに、スコンプの町を出るってことは、故郷の村からも離れるってことで。まぁ、故郷の両親は私が村を出る前に死んでいたし、今さら私を縛るものなんてない。ちょっと、懐かしく、もの悲しく思うだけだ。

すると、御者のおじさんが駆けてきた。

「おおい、すまないね。もう一人、乗りたいっていうんだ。相席になるが、構わないかね」

「ええ、どうぞ」

にこっと笑って承諾する。もともと、私一人なのがおかしかったぐらいだしね。

「あ、あれ？　あなた……」

幌馬車の荷台に上がって来たのは、黒髪ロングの、眼鏡の少女だった。私も痩せぎすの貧相な体をしてるけど、少女はさらに細い。当たり前だよね。まだ十歳ほどの子供なんだから。

というか、私はこの子を見たことがある。この子は……

「じゃあ、出発するよ！　忘れ物はないね⁉」

「あっ、はい！　大丈夫です！」

御者台からおじさんが大声を張り上げた。そのまま馬車はゆっくりと進み始める。

「あの、あなた……」

私は少女に声をかけた。すると、

「クリシュナさん。こんにちは。私もあなたについていくことにしました」

少女が不思議なことを言った。

「えっ、えっ？　っていうか、あなた孤児院の子だよね？　いつも隅の方で一冊の本を大事そうに読んでいた。本も眼鏡も高級品だから、覚えていたよ。確か名前は……」

「アイシャ」

「そ、そう。アイシャちゃん、シスターが心配するでしょ⁉　私についてくるってどういうことよ。早く帰らないと……」

「大丈夫です。シスターには、引き取ってくださる親戚が見つかったって手紙を私が書いて、一週間前に渡しておきましたから。さっき、門のところまで盛大に見送ってもらいましたよ」

「ちょ、ど、どういうこと？」

「私、ずっと気になっていたんです。あなたのこと。あなたには何かあるって。ある時を境に、急に羽振りが良くなって、私たちに毎日クッキーを買ってきてくれるようになりましたし。それに何

より、お父様から頂いた本に出てくる女騎士にそっくりなんです」

「わ、私に何かあるだなんて。まさか……ハハ」

するとアイシャちゃんはシャツの中から綺麗なペンダントを取り出した。

「これ、何だか分かりますか？」

「何って……ペンダントでしょ？」

「そうです。〝魔法の〟ペンダントです。私のうち、没落貴族なんです。お父様とお母様は無実の罪で処刑されてしまい、財産も何もすべて没収されてしまったんですが、本と眼鏡、それからこれだけは私に遺してくださったんです」

「ま、魔法？　それが何か？」

「このペンダント、記憶操作やもろもろに対する防御の魔法がかかっているんです。私が大人になったとき、おかしな男に騙されたりしないように。だから私、あなたがヒンメルズ・リッターを倒したことも、しっかり覚えているんです」

「な、何を言ってるのかな……？」

こめかみに冷や汗が流れた。

「あ、大丈夫ですよ。これほどの魔法が籠った道具、この町じゃ、没落前は有力貴族だった私の家ぐらいにしかないでしょうから。あの野次馬の中で、クリシュナさんの記憶操作にかからなかった人は私一人だと思います」

「ま、まじで？」

「マジです。お願いします！　私を連れてってください。きっと、お役に立てると思います。勉強は得意ですし、父から政治や経済についても学んでいます。憧れの女騎士様の、お役に立ちたいんです！」

「そ、それは……」

「それに」

「え？」

「連れて行ってくれなかったら、みんなにバラしますよ？　その剣のこと。すると、どうなるでしょうね。毎日毎日、その剣を狙う刺客に襲われて、気の休まる暇がないでしょうね。それだけで済めばまだしも、決戦級の使徒を一撃で倒しちゃう剣です。その剣を巡って、戦争なんか起きちゃったりするかも知れません。罪のない人が大勢死にますね」

「お、脅す気っ!?」

「はい。脅してます。お願いします、連れて行ってください。私一人ぐらいなら、その剣を持っているあなたなら、余裕で養えるでしょ？　もちろん、落ち着いたら私でも出来る仕事を探して、決して迷惑はかけませんから！　孤児院にはもう戻れませんし、あなたのところしか、行くところがないんです！」

「……っ……ぅ……！」

私は言葉を失った。

「だから、よろしくお願いします！」

アイシャちゃんが深々と頭を下げた。

結局のところ、最後は私が折れた。こうして、私たち二人の旅が始まったのだった。

+002　シュナ、野宿する

「さ、そろそろ宿駅だよ。駅馬車を待つなら、ここでお別れ。ピルグレッド方面に行くなら、道が悪いから馬車で行くよりクロンの駅まで歩いたほうがいい。わしの乗合馬車にもう少し乗っていくなら、明日の朝出発だ」

「クリシュナさん、そろそろだよ」

「んあ？」

目を覚ました私が御者台越しに外を見ると、ちょっとした集落が見えた。集落と言っても、家が三、四軒並んでいるだけの簡素なものだけど。

「私、寝ちゃった？」

「そりゃもう、ぐっすりと」

「うぅ、おじさんの馬車が一番安いからって、だいぶ早起きしたからなぁ。ごめんね、アイシャちゃん。退屈だったんじゃない？」

「だいじょうぶ。私にはコレがあるから」

そう言って、アイシャちゃんはいつも持っている『本』を掲げて見せた。孤児院にいた時もずっと読んでいた、あれだ。

「クリシュナさん、ここからどこに向かうの？」

「実はピルグレッド方面に行くつもりだったんで、ここからは歩くつもりだったんだけど……アイシャちゃんがいるとなると……」

「私は大丈夫。革が三枚も貼ってある靴を履いてきたの」

アイシャちゃんが足をくいっと上げ、靴底を見せてくれた。

「クリシュナさんの迷惑にはならないつもり。いざとなったら、置いて行ってくれていいから」

「いやまぁ、いざとなれば私が背負って行くけど。じゃ、アイシャちゃんにもちょっと頑張ってもらうとするか。あと、それからね。私のことはシュナでいいよ。年もまだ十六歳だし、さんづけとか、敬語とかもいらないから」

「ん……んっと、じゃ、シュナ……ちゃん？」

「そうそう。改めてよろしく、アイシャちゃん。強引についてきちゃったのはもう仕方ないし、どうせ一緒に旅するなら仲良くしよ」

「うん。ありがと……ごめんね」

「いーって、いーって。じゃ、おじさん！　私たちはこっちなんで！」

「あいよぉ！　気をつけてな！」

私たちは馬車のおじさんに挨拶をし、あるかなしかの獣道へと分け入った。

そして。

「今日はここで野宿かな。日があるうちに、この開けた場所まで来たかったから結構な早足だったと思うけど。よくついてきたね、アイシャちゃん。さっきの宿駅で泊まると行程が一日延びちゃうから、助かったよ」

「ふぅ……ふぅ……。うん。それから言われた通り、薪になりそうな枝も拾っておいたよ」

「おお～！　よくやったね。じゃ、私もこれ。チャハルの実！　見つけたから三つばかし採っておいた」

「チャハルの実？」

アイシャちゃんが不思議そうに首を傾げる。

「知らない？　固い殻の中に、脂肪分たっぷりの黄色い実がつまっててね。真ん中に、穀物に似た白い実がギッシリつまってるんだ。黄色い部分が好物の獣がいるんだけど、そいつ、白い部分は消化できないみたいでさ。白い部分だけ糞に混じって排出されて、新たな場所での発芽の栄養になるってわけ」

「……それって美味しいの？」

糞、と聞いたせいか、アイシャちゃんの顔が曇る。

「もうね、めちゃくちゃ！　分けて食べる人もいるけど、このまま蒸し焼きにするとね、白い部分がもちっと膨らんで、黄色い脂肪分とトロトロ～っと混ざって、最っ高に美味しいんだよ！」

「ふぅ～ん」

あ、まだ信じてないな。いいよいいよ、今に見てろ。

私たちはさっそく、焚き火の準備に取りかかった。集めた薪に〈魔法発動〉で火をつける。

「ティンダー」

コマンドワードを唱えるとブロンズソードの先に小さな火が現れた。

それから私は、〈次元収納〉でしまっていたお皿やお匙を取り出す。ブロンズソードの先端に現れた黒い亀裂に手を突っ込んでいる私を見て、アイシャちゃんがほうっとため息をついた。

「便利ね」

「うん。持ち物が少なくて済むからね。アイシャちゃんも、その本、入れておいてあげようか。ずっと抱えて歩いてるの、重そうだったし」

「え。これは……いいよ。大事なものだから」

「そう？　ん、オッケー。じゃあ、今度、背負い紐か何か作ろうね」

アイシャちゃんがそうしたいなら、無理には言うまい。

しばらく待つと、チャハルの実が蒸しあがったようだ。まず、ブロンズソードでチャハルの実を切断。〈次元収納〉から岩塩を出し、ブロンズソードで削りかける。ぷわ～っと、いい香りが漂った。

匂いを嗅いだとたん、さっきまで半信半疑そうだったアイシャちゃんの目がらんらんと輝き始める。

アイシャちゃんの分をお皿に盛ってあげようとしたら、「私もシュナちゃんみたいに直接食べたい」と直訴された。

「熱いよ。気をつけて」

「う、うん……あっ、あちゅっ」

「ちょっとお行儀悪いけど、手に持たないでおひざの上に載せな」

「わ、分かった。……ふぅ、ふぅ、ふぅ。はむっ」

何度もふぅふぅ冷まして、小さな口いっぱいに頬張り、一生懸命もぐもぐする。

「ほふっ、ほふっ。うくん。……おいふぃい……」

「でっしょ？」

してやったり。思わず、アイシャちゃんの頭を撫でまくった。アイシャちゃんはされるがままにしながら、お匙を動かし続けていた。


夜半過ぎ。ぱちぱち爆ぜる火の音を茂みの向こうに聞きながら、私たちは横になっていた。

「ねぇ、アイシャちゃん。聞いてもいいかな？　どうして私について来ようと思ったの？」

スコンプを出発したときから気になっていたんだけど、アイシャちゃんはなんで私なんかをそんなに慕ってくれるんだろう？　田舎者の、なんてことない小娘なのに。

「シュナちゃん。自分の力に無頓着すぎだよ。あのヒンメルズ・リッターを一撃で倒せる戦士なんて、世界中どこを探してもいないよ？　お近づきになって、甘い汁を吸おうとする人がいてもおかしくないよ」

「えっ、あ、そっかな？　……でも、アイシャちゃんはそうじゃないでしょ」

満天の星を見上げながら、さらに尋ねる。すると、アイシャちゃんの声音に真剣みが帯びた。

「……シュナちゃん孤児院にクッキーを持ってきてくれる時、絶対に私にも一つくれたでしょ？どんなに奥まったところにいても、探し出してくれた」

「それは、ほら。全員にあげないとって思って」

「シュナちゃんにとっては何でもないことでも、そういう公平さが私には嬉しかったの。あの孤児院じゃ、味方は一人もいなかったから。それにね……」

「それに？」

「孤児院を乗っ取ろうとしていた司祭、あれ、お父様と敵対していた貴族の差し金だったのよ。あのまま孤児院が乗っ取られていたら、私はどうなっていたか分からなかった。だから、今無事でいられるのはシュナちゃんのおかげなのよ」

「あぁ～、なるほど！　だからかぁ。たかが孤児院を手に入れるためだけに、元S級冒険者や〈天軍〉なんて持ち出して。おかしいと思ってたんだよね」

なるほどね～。じゃあ、今ごろ、あの司祭さんはこっぴどく叱られてるんじゃないだろうか。出世の道が閉ざされちゃってたりしたら、ごめんね。

「あのね、シュナちゃん」

「ん？　なぁに？」

「お」

「どうしたの、アイシャちゃん？」

アイシャちゃんの息を飲む音が聞こえる。

「お……っ」

「お？」

真剣な声音から、何か大事なことを言おうとしているのが分かる。私も息を飲んだ。

すると……

「お、お、おしっこぉ……！　も、漏れちゃうぅ～」

「え、え、えー!?」

「おトイレ～。ひとりで行けないよぅ。つ、ついて来てぇ」

アイシャちゃんが泣きそうになりながら訴えてきた。

「わわわわ、待って待って待って！」

「あ……もっ、だめ……っ」

今にも消え入りそうな声が、切迫した状況を伝えてくる。

「ちょちょ、もうちょっと！　もうちょっと、ね？　我慢して！　い、今連れてくから。今抱っこするからね?!　びっくりして漏らさないでよ……ええいっ」

幸い、ブロンズソード　+999の能力の中に〈万能拡張感覚〉があるので、視野は良好だ。

私はアイシャちゃんを抱え上げ、夜の森を走った。

+003 シュナ、魔炎将軍と出会う

アイシャちゃんを抱きかかえ、キャンプ地から少し離れた茂みに座らせた。

「シュナちゃんいる？」

「いるよ～」

「手、放さないでね！」

「ちゃんと握ってるよ」

この辺りは焚き火の光が届くから、アイシャちゃんでも安心だろう。手はつないだまま、明後日の方向を向いておく。

「き、聞いてちゃダメだからね！」

「聞かない聞かない」

とは言っても〈万能拡張感覚〉のせいで聞こえてしまうだろうけど。ここは彼女の名誉のためにも、聞こえないふりをするのが寛容だろう。

すると、耳の奥からこんな声が聞こえた。

『能力〈探査〉より警告。武器を持って接近する者を三名発見』

「えっ？」

「なっ、なになに⁈」

声の正体はブロンズソードの能力の一つ〈並列知能〉だ。能力の管理をしてくれたり、今みたいに〈探査〉の能力に引っかかった脅威をお知らせしてくれたりする。私自身じゃまだ能力をすべて使いこなせてないんだよね。ちょっとずつ慣れていこうとは思ってるんだけど。

「アイシャちゃん、少し静かに。誰か近づいて来てるみたい」

「お、おばけ⁈　や、やめてよぅ。脅すの……」

「いや、おばけではなく……」

ごく静かだが、かすかに葉を踏む音が聞こえる。ブロンズソードの能力によってかろうじて気づけたが、これほどの気配の消し方からするに、その道のプロかも知れない。

「……アイシャちゃん、終わった？」

「う、うん」

アイシャちゃんに状況を確認する。それから、私は目に見えぬ接近者に向けて声をかけた。

「動かないで！　こちらはあなたの位置を把握してる。私、魔法が使えるの。今戦闘になったらあなたのほうが不利だからね。何か用があるなら、武器を捨ててゆっくり姿を見せなさい！」

それから私はコマンドワードを呟き、剣の先に小さな炎を宿らせる。これで、少しは恐れ入ってくれるといいんだけど。素直に出てきてくれたりしないかな。

しばらく気配は動く様子がなかったが、やがて「チッ」という舌打ちと共に、少し離れた茂みが揺れた。

「くそ。いつ、気づきやが……」

と、物陰からそんな声が聞こえた、瞬間、アイシャちゃんが脱兎の勢いで茂みを飛び出した。

「あびゃあぁぁぁああっ、お、オバケぇぇぇっ！」

「あっ、アイシャちゃん！　下着、下着！」

「おい、待ちやがれ！」

三者三様に、慌てて茂みを飛び出す。

ってか、アイシャちゃん！　スカートがあるから丸見えにはならないけれど、結構危ない。ドロワーズ（腰と両太ももを紐で縛るタイプの、一般的な下着）を拾い上げ、焚き火のほうへと走る。

うずくまっているアイシャちゃんを守るように立つと、私たちに接近していたやつらが焚き火の前に姿を現した。見るからに山賊と言った風貌の、ガラの悪い男たちだ。

「おうおう、嬢ちゃんに恨みはねぇが、そっちのガキんちょを連れて行くとたんまり礼金がもらえるんでな。わりぃが、捕まってくれや。なぁに、嬢ちゃんにも新しい仕事をやるぜ。男を悦ばせる仕事なんだがよ」

うわぁ、なんて分かりやすいゲスなんだ。私が剣を構えると、男たちは大笑した。

「ギャハハハハ！　そんな安っちいブロンズソードしか買えねぇ駆け出しが、俺たちとやろうってのかい？」

「ヒッ、ヒッ、ヒ！　三対一だァ。よく考えな、嬢ちゃん。俺たちもおめえさんを傷物にしたくはねぇんだよ。高く売れなくなっちまうからな」

「なぁに、ちぃとばかし貧相な体つきだが、顔は悪くねぇ。色んな趣味の御仁に顔が利く奴隷商なら、嬢ちゃんでも買い手を見つけてくれるだろうぜ」

う～ん。あまりに分かりやすい下っ端すぎて逆にびっくり。こんな奴らの話に付き合ってやる必要もないよね？　ブロンズソードのおかげで、他に仲間はいないってことも分かってるし。さっさと〈記憶操作〉で終わらせてしまおう。そう思ってたら、〈並列知能〉から新たな声が届いた。

『能力〈探査〉より警告。武器を持って接近する者を新たに一名発見』

どういうことだ？　新しい仲間？

「ねぇ、あんたたち。三人だけよね？　もう一人仲間がいたりする？」

「あぁん？　俺たちチュートガチ盗賊団は、三十人いた団員がみんな捕まっちまって、今じゃ三人だけだが……」

ちょっと寂しい空気が流れた。

「うぅ。親分、悔しいっす！」

「うおぉ～。俺は、俺はぁ」

「ええい、泣くな泣くな！　こいつらをとっ捕まえて、礼金もらって盗賊団再建でぇ！」

うん。なんとなくだが、バカなのは伝わった。

しかし、盗賊団でないとなると、接近する者って、一体？

『警告。先ほどの第三者、凄まじい速度でこちらに向かっています』

「ミラ。どっちの方向から来てるの？」

ちなみに、ミラというのは私がつけた〈並列知能〉の愛称。古い言葉で〝鏡〟とかいう意味のはずだ。ミラが答えた。

『解。上です』

「上!?」

バッと頭上を振り仰ぐ。瞬間、闇夜にギラリと輝く鉄の塊が降って来た！

「うおりゃあああぁぁあぁぁっ！」

「きゃあああっ！」

「うぎゃあああっ！」

凄まじい音がして、地面がえぐれた。ハルバードだ。鉄の塊だと思っていたものは、全身鎧の騎士のようだった。

「少年、この私が来たからにはもう安心だぞ！」

声から察するに、女の人だろう。その割には、結構、上背（タッパ）があるけど。ってか、少年って。そりゃ、私は痩せぎすだし、髪も短くはしてるけどさ。……髪、伸ばそうかな。

「やぁやぁ、不埒なる盗賊ども！　王国の守護者、魔炎将軍ヴァレンシアがお相手つかまつる！」

ヴァレンシアさんとかいう人が、盗賊団に向かってハルバードを突きつけ、啖呵を切った。

『能力〈探査〉及び〈鑑定〉より警告。このヴァレンシアと名乗る女性、〈記憶操作〉に対する耐性〈不惑〉持ちの装備を有している模様』

ミラの声が無情にも告げる。これで全員一度に〈記憶操作〉して逃げる手は使えなくなった。

あぁ、またぁめんどくさい人が増えた……。

+004 シュナ、親分を助ける

「うおらあぁぁあぁぁっ!!」

「あぁっ、おやぶ〜ん!」

おぉ〜。さすが、王国の守護者だなんて自称しているだけあって、ヴァレンシアさんったら強い強い。ハルバードの一振りごとに大規模な森林破壊が巻き起こっているけど、盗賊団のほうは手も足も出ないみたい。でも、ヴァレンシアさんが泣き言を言った。

「くっ、しつこい! キサマら、己が第一の盗賊だろう!? 普通なら命の危険を察したら、逃げるはずではあるまいか!?」

確かに。あいつらの必死さには何か鬼気迫るものがある。何か事情でもあるのか。すると、子分Aが泣きながら叫んだ。

「ひ、引けねぇんだよ! 親分はここに来る前、〝オーガの血〟を飲んだんだからなぁ!」

「なんだと!? キサマら、どこでそんなものを……」

ヴァレンシアさんが驚愕に打ち震える。でも、あの、驚いているところ悪いんですが、〝オーガの血〟って何? なんて私が置き去り感を味わっていると、

「くっ、〝オーガの血〟を飲んだものは、一刻も早く血清を投与しなければ、目に映るものすべてを破壊する魔獣と化し、最後は自らも死に至るという。そんな危険な代物を、一体どうやって！」

やたら説明的なセリフで驚いてくれた。ありがとう、ヴァレンシアさん。よく分かったよ。

「もともと親分は〝オーガの血〟に適性があったんだ。それを知った依頼人が、俺たちにこの話を持ち掛けてきたんだよ。お前たちを倒してガキを連れ帰らなきゃ、血清はもらえねぇ手筈でな。悪いが、死んでもらうぜ」

「ヴ、ア」

瞬間、親分の体が急激に膨張した。片側だけが異様に発達した、生理的嫌悪感をもよおすアンバランスさ。頭の大きさは変わらないのに、右上半身だけが象みたいに大きくなって、非常に気持ち悪い。ひと目見ただけで、死と引き換えの力だというのが伝わってくる。

「アイシャちゃん。目をつぶっていて」

その時、筋肉塊となった親分が巨大な腕で薙ぎ払った。直撃こそしなかったものの、凄まじい突風が吹き、焚き火が消える。月の光が差し込んでいるが、かなり視界は悪い。

「くっ。逃げたまえ、少年！　私はやつが町に彷徨い出たりしないよう、ひと晩ここで相手をする！　時間が来ればやつは勝手に自滅するだろうが、それまではいかなる攻撃も即座に回復してしまう。メインの武装を持たぬ今の私では、やつの回復速度を上回ることは難しい」

ヴァレンシアさんがそう忠告してくれる。だけど……。

「なんかなぁ……」

「な、バカ！　危ないぞ、少年！　早く下がるんだ！」

何だかとても、ムカムカしてくる。そりゃ、こいつらも結構ゲスな盗賊ではあるけど。だからって、命を懸けさせてまで……

「そういうの、すっごいムカつくんだよね」

私はアイシャちゃんのご両親と敵対していたっていう黒幕のやり方に、非常にムカっ腹が立っていた。だって、子分AとBなんて泣いちゃってるじゃん。……私を奴隷として売り飛ばそうとしてたことは、忘れてやらんけど。それでもさ。

「来なよ、親分」

オーガ化親分の正面に立ち、攻撃を誘う。巨大な手のひらが私を押しつぶさんと迫ってきた。

と、

「危ない！」

「わっ！」

横合いから突き飛ばされた。ヴァレンシアさんが助けようとしてくれたんだ。

「いってててて……」

「蛮勇を振るうな！　そんなチャチなブロンズソードで何が出来る⁉」

そう叫びながらも、ヴァレンシアさんは親分の猛攻を凌いでいる。すでに親分の上半身は左右どちらも膨張しきっている。一撃一撃が大木をへし折る、巨大な筋肉による怒涛の乱撃。ハルバード一本でよくあれだけ凌げるものだ。その時、ヴァレンシアさんの鎧にガンガン音を立ててぶつかるものがあった。

「俺たちにゃ、時間がねぇんだ！」

「お、王国の守護者だろうがなんだろうが、相手になってやる！」

子分たちの投石だ。結構な大きさの石だけど、ぶ厚い鎧のおかげでダメージはないだろう。だけど、音もうるさいし、とにかく邪魔そう。

「ちっ！　キサマら……。きゃっ」

意外にも可愛らしい声を出して、ヴァレンシアさんが転んだ。投石に気を取られ、張り出した樹の根に足を取られたんだ。

「やっちまえ！　親分！」

「そいつさえやっつければ、こっちのもんだ！」

親分の体はさっきの倍近くまで膨れ上がっている。あんなのが直撃したら、ヴァレンシアさんは鎧ごとぺしゃんこだ。

「ちっ、こんな最期なのか……」

ヴァレンシアさんが観念したように目をつぶった。って、いやいやいや？

「……あ、あれ？」

「あの」

「衝撃が来な……はい？」

「あの、いいですか？　ちょっとそこで静かにしていてもらえます？　あと、アイシャちゃんをお願いします」

親分の攻撃を片手で受け止めて、ヴァレンシアさんに忠告する。子分どもはぽかんと口を開けていた。

「ミラ。治癒魔法は効く？」

『解。もはや、彼はオーガの組織とは切り離せないほど融合しています。治癒魔法をかければ、ますますオーガ化が進むでしょう』

「分かった。じゃ、もう一つの手でいくわ」

『承知。ですが、クリシュナ。あなたが考えている作戦では、時間との勝負となるでしょう。心臓が百脈打つ間にすべてを終えなければ、手遅れになります』

「オッケー。やってみる」

すでに親分は左足を残して全身が膨張。上半身も最初に変化が始まったときの数倍近い。さっきは象みたいだと思ったけど、今はもう小さな竜ぐらいあるんじゃないかな。

「危ないっ、少年っ！」

叫び声が聞こえる。だが——、

「ふっ！」

下から這うような斬撃を放つ。そのままの勢いで、親分の体を跳び越した。振り返ると、親分の体がゆっくりと二つに分かれて、倒れていくところだった。

「お、おやぶ～ん！」

「うあぁぁああっ！　し、死んじゃ、死んじゃいけやせんぜ！　親分！」

ぐじゅぐじゅと滴る血が、糸のように親分の体をくっつけようとする。それを見て、私は再びブロンズソードを振るった。

振るった。

振るった。

振るった。

やがて……再生されなくなり、親分は八等分になった。

「お、親分……」「俺たちも、後を……」

「邪魔！」

泣きはらしている子分どものケツを蹴り飛ばし、親分の元へ急ぐ。

「ミラ、死んだオーガの組織だけを〈次元収納〉に収容して！」

『承知。……完了いたしました』

私が切り裂いたのはほとんどがオーガの組織だったみたいで、親分は意外にも綺麗な顔をしていた。だが、これで終わりじゃない。

「〈魔法発動〉……えーっと、コマンドワードは……」

『フルヒールです。クリシュナ』

「フルヒール！　それから、リザレクション！」

リザレクションは魂を呼び戻す魔法だ。肉体の損傷を治す効果はないし、死後すぐに使用しなければ効果はない。ミラが心臓が百脈打つ間、と言っていたのはそのことだ。今回はどうやら、うまく行ったようだ。

「お、おれぁ一体どうしちまったんだ……？」

すっかり元通りになった親分が、自分の体を見て呆然としている。

「お、親分！」「親分が生き返った！」

「少年……君は一体……」

ヴァレンシアさんは驚きのあまり固まっていた。まぁ、あっちはひとまず置いておいて。片方ずつ片づけていくか。

「やぁやぁ、君たち。親分を助けてもらって、まだアイシャちゃんを連れて行こうと思っているかね。私は別に、親分もあんたらも切って捨てて、それっきりでも良かったんだよ。ええと、君。私を奴隷商に……なんだったかな？」

「ひっ、そそそんな、滅相もねぇ！　姐御やその近縁の方にゃ、もう手出しは致しません！」

「お、親分。こちらの姐御が親分を〝オーガの血〟から救ってくださったんでさぁ」

まだ親分は何が起きたか掴めていないようだったが……。子分たちの必死の説得を聞いて、私に恩を受けたということは理解したようだ。

「すまねぇ、嬢ちゃん。命を救ってもらった以上、あんたらを襲うような真似はしねぇ。いや、困ったことがありゃ、何でも言ってくれ。力になるぜ」

それを聞いて私はニマッと笑った。

「んまんまんま。なら、ちょっと、秘密の相談と行こうじゃないか。いい話があるんだよ。君たちも来たまえ。四人で話そうじゃないか」

チュートガチ盗賊団の面々を茂みの奥に誘う。

全員が私を囲み、かがんだところで……ぴかっ！　やつらの記憶を改ざんした。まぁ、私のことを姐御と慕っているのは悪くないし、印象みたいなものは記憶を変えても残るようなので、そこら辺は残しつつ。

「いい？　ちゃんと自首するんだよ」

「「「あい！　姐さん！」」」

三人の声が唱和した。

「な、何が起こってるんだ、一体……？」

ヴァレンシアさんの呆然とした声が虚空に溶ける。こっちも頭の痛い問題だけど……どうすっかな。空はすっかり、白み始めていた。

+005　シュナ、美女を怒らせる

焚き火があったところに戻ると、見慣れない女の人がいた。まっすぐで美しい髪を片側だけ垂らしている。ボリューミーなまつ毛も、伏しがちのせいか楚々とした雰囲気を与えている。要はヤバイぐらいの美人だ。

「誰っ？」

「あいや、すまない。私だ。魔炎将軍ヴァレンシアだ」

おののき、後ずさっていたら、美人がおかしなことを言った。

「はぁ？　ヴァレンシアさんは、オラァッ！　とか叫んで、オーガもどき相手にハルバードぶん回すヤバい人じゃん。そんなわけ……」

「少年、私をそんなふうに思っていたのか……。ほら、私がヴァレンシアである証拠だ。見よ」

「げっ！　ヴァレンシアさんの生首！」

「かぶと！」

美女が投げてよこしたフルフェイスのヘルムなら見覚えがある。ヴァレンシアさんだ。っていうかまぁ、声で分かってたけど。

「少年には色々聞きたいことがあるのだが……まずは礼を言おう。私ですら手をこまねく相手をよくぞ。倒すばかりか、救い、改心までさせてしまうなど」

「いやいや。ヴァレンシアさんも。助けに飛んで来てくれて、ありがとうございました」

それにしても、〈探査〉圏内に入ってから到着まで、かなり距離があったはずなのに……。ミラの警告からほとんどノータイムで到着したよね？　どんだけ足が速いんだって話でもあるし、どんだけ遠くから異変に気付いたんだって話でもある。

「私の主武装……この剣が使えていたらな。遅れを取ることもなかったのだが。この剣には、夜の間は一つの傷も与えることが出来ぬという呪いがかかっているのでな」

「えっ。まさか、それって」

「おぉ。知っているのか？　これぞ我が剣〝黎明剣アルマレヴナ〟だ」

そういって見せてくれたのは総身が輝くすさまじく美しい一振りの剣だった。寝物語に聞いた剣に、こんな形でお目にかかれるなんて。

世に伝説となった剣はいくつもあるが、神の賜物と呼ばれる剣は〝十三聖剣〟と呼ばれる十三本しかない。そのうちの一つが、このアルマレヴナだ。

兄妹剣とされる〝黄昏（こうこん）剣ノエルレヴナ〟とは対となる剣だというが、そちらのほうの行方はようとして知れないらしい。所属のはっきりしている数少ない〝十三聖剣〟だが、確かにこのアルマレヴナはこの国の守護者たる魔戦将軍の一人が持っていると噂に聞いていた。

「うわぁ、すっごぉ！　私、銘入りの魔剣初めて見たかも」

『違います。私、〝クリシュナの剣〟はあなたと契約した際に、この世に一振りしかない銘入りのユニークに変わりました。訂正を求めます』

ミラが何か言っている。

魔剣にもランクがあって、アルマレヴナのような剣は〈鋭利化〉や〈魔法発動〉などの一般的な能力とは違う、特殊な魔力が込められているため、単純にプラスいくつと呼ぶことは出来ない。強さを測る際もプラスいくつ〝相当〟といった言い方をする必要がある。そういった剣は、銘入りと呼ばれ珍重されているのだ。

「かっこいいなぁ〜。私の剣は、どんだけ強くても、結局はプラスいくつの汎用品だもんなぁ」

『違います。訂正を求めます』

まだ何か言ってる。無視無視。

「それで、アルマレヴナの代わりにハルバードを振り回す、ヤバイ級の美人のヴァレンシアさんはこんなところで何をしていたんですか？」

「実はな、スコンプの孤児院から連れ去られた女児がいたようなのだ。どうも親戚と偽って、身元を引き受けたいと手紙をよこした者がいたそうなのだが、不審に思ったシスターが問い合わせたところ、そんな親戚はいないということが分かってな」

「へぇ……それは物騒ですね」

その時、焚き火をしていた場所近くの茂みがガサゴソと揺れた。

「あ、アイシャちゃん大丈夫だった？」

アイシャちゃんはオーガもどきが現れたあたりから、茂みに身を潜めて隠れていたらしい。のそのそと四つん這いで出てきたのだが、枝に引っかけたせいか可愛いおけつがぷりんと出てしまっている。

「わわっ。はしたない」

「でな。実は、その女児は黒髪ロングで、眼鏡をかけているそうなのだが」

「へぇ。どっかで聞いたことありますね」

私はさっき拾っておいたドロワーズを〈次元収納〉から取り出した。

「年のころは十歳前後と聞く」

「へぇ。アイシャちゃんもそのくらいだよね」

オーガもどきがいなくなって安心したのか眠そうなアイシャちゃんに下着を穿かせようとするのだが、もうこっくりこっくりしていて全然はかどらない。

「名前は……アイシャ……と言ったのだが」

「へぇ。奇遇奇遇。同じ名前なんだぁ……って、え？」

振り返ると、ヴァレンシアさんは美しい顔を歪めに歪めて私を見下ろしていた。

「少年……何をしている？」

「いや、アイシャちゃんの下着を……」

「下着を……脱がそうと?!」

は?!　何言ってんの?!　そんなことするわけ……。だけど、ヴァレンシアさんはどんどん妄想を膨らませていく。

「まさかお前が、女児誘拐事件の犯人だとは……！　しかも、こんないたいけな子供に、いたずらを……!?」

「い、いや。ちが……違う違う。違います！」

そもそも私、女だし！

「問答無用！　今時珍しい心ある少年だと感心していたというのに……貴様というやつはっ！」

「ええーっ、いやいやいや。だから、勘違いですって！」

ダメだ！　聞く耳を持ってくれない！

「そこに直れ！　我が剣アルマレヴナの錆にしてくれる！」

朝の光を受けて輝くアルマレヴナは魂でも抜かれそうな美しさである。ヴァレンシアさんはビシイッっと、私に向けて剣を突き出した。

「ちょまっ……聞いて下さい！」

私も、とっさに距離を取ろうとブロンズソードを振り上げた。そうしたら……

パキィィィ…………ン…………

やけに長い余韻を響かせて、アルマレヴナが真っ二つになってしまった。

「な、な……！」

驚きのあまり声も出ない様子のヴァレンシアさんに、私もなんといってお詫びをすればいいか分からない。あんな綺麗な剣だったのに……。あの、その……

「ええと……なんかゴメン」

「キ、キ、キ、キ・サ・マぁーーーーーーっ！！！」

というわけで、私たちはヴァレンシアさんから逃げ回る羽目になってしまった。今もヴァレンシアさんはぶわんぶわんハルバードを振り回しながら追ってきている。でも、私は悪くないよね？あれは不幸な――――そう、偶然の結果だもん。悲しい行き違いってやつ。

「待てぇ～～～！！！」

あぁ、もう。どうしてこうなった。

＋006　シュナ、新たな町に立つ

「行った？」

「行ったみたい。もう大丈夫……だと思う」

「ごめんね、シュナちゃん。私の書いた手紙が嘘だってバレちゃったせいで」

「いやぁ。アイシャちゃんのせいではないと思う……あれは……」

あの人が私を男だと勘違いしたのが全ての原因だし。ほんっと失礼な人だ。まったく。だから私はぜんっぜん悪くないし、伝説の剣アルマレヴナを折ってしまったのも、不幸な偶然が重なった結果。怒られるようなことは何もない！　はず。

あの後とっさにブロンズソードの〈領域作成〉で作った何もない空間に逃げ込んだのだ。

便利な能力なんだけど、強い魔力を持つ素材を〝門〟として使うし、門が壊されたら強制排出されてしまうのが難点。今回はたまたま、さっき倒したオーガもどきの組織の中に〝霊珠〟なんて呼ばれるオーガの魔石があったから、それを門にした。結構な魔力が籠っていたらしく、宿の一室ぐらいの空間が出来た。

「ねぇ、シュナちゃん。これからどうする？」

「う～ん。クロンの宿駅方面にはもう行けないね。いったん戻って、駅馬車で別の目的地に向かうか……。って、あれ？　ちょっと待って」

その時、私はミラの警告に気づいた。今回のそれは、私たちには天啓のようなものだった。


「ほい、着いたよ。ロロナッドの町だ」

「ありがとう、おじさん。急にお願いしたのに、乗せてくれて」

「いいってことよ。もっとも、嬢ちゃんたちが茂みの中から現れた時は、盗賊かと思って肝を冷やしたがね。なんたって、クリシュナちゃんなんか全身血だらけなんだもの」

あの時、ミラが〈探査〉で見つけた人物は、スコンプの町から乗せてくれた乗合馬車のおっちゃんだった。だいぶ驚かせたみたいだけど、おっちゃんは快く乗せてくれた。

「ちょっとした大捕り物をやったからね。全員自首させたったけど」

「そうみたいだね。いや、私もそのチュートガチ盗賊団に会っているんだよ。宿を出る時たまたま見かけてね。宿駅の見回りの兵士に自首していたみたいだよ」

「良かった。ちゃんと自首するか不安だったんだ」

「ねぇ、おじさま？　おじさまはここにずっといるの？」

「いや。わしはここも経由地だね。もっと先の、ランガドゥまで行くつもりだ。そこまで行くつもりなら、乗せていってあげてもいいよ」

アイシャちゃんと私は目を見合わせた。

「んーん。大丈夫。私たちはここで降りるわ。ありがとう、おじさま」

「そうかい？　では、達者でね」

ランガドゥなんて大きな都市じゃ、アイシャちゃんを連れて入ることさえ難しい。ロロナッドはいい具合に小さいので、規律も緩いだろうし、しばらく身を潜めるのにはもってこいの町だ。町の占有ダンジョンもあるにはあるらしいが、大きなものではなく、屑の魔石粒が採れるといった程度らしい。ここでしばらく冒険者として暮らして、ほとぼりが冷めるのを待とう。

「おい、お前。身分を証明するものは何かあるか」

門のところで、衛兵さんのチェックを受ける。

「はい、これ。冒険者組合が発行した証明書。あと、この子は私の連れ」

「リリっていうの。孤児院の出だから苗字はないよ」

アイシャちゃん、打ち合わせてもいないのにナチュラルに偽名を名乗る。眼鏡もいつの間にか外しているし。肝が据わった子だ。

「んむ。特に不審な点はないな。冒険者としてのランクはDか。最低のEではないようだが、あまり役には立ちそうにないな。……組合支部は一番大きな広場の東側にある。くれぐれも、問題を起こすんじゃないぞ」

「は～い」

二人の声がそろった。やっぱり。読み通り、チェックもゆるゆるだったようだ。

「いい町だね」

「そうだね、アイシャ……えっと、リリちゃん」

「誰もいないところなら、元の名前でもいいよ」

「分かった。アイシャちゃん。これから、冒険者組合に顔を出して仕事がないか探してから、今日の宿を探そっか」

「……私も、シュナちゃんと一緒に冒険したいな。役に立ちたい」

「う〜ん。依頼には危険がつきものだからねぇ。でも、そっか。私のいた村でも十歳ぐらいの子はすでに狩りの訓練を始めていたっけ。何か一緒に出来そうな依頼があったら、受けてみよっか」

「ほんと⁉　……ありがと、シュナちゃん！　だいすき！」

「えへへ」

あまり素直に「大好き」なんて言われると、ちょっと照れてしまう。ちょうど、冒険者組合の建物が見えてきた。教会ぐらいの大きさだから、そんなに大きくはない。この町じゃ、これで十分なんだろう。

「ここだね。……すみませ〜ん。他の町から来たんですがぁ〜。って、あれ？」

受付に人がいない。まさか、依頼が少なすぎてサボってるのかな。でも、冒険者らしき人はそこそこいるようなんだけど。

「あんた。他の町から来たですって？　この町が小さいからって、バカにしてるんでしょ」

受付のほうから声が聞こえる。だけど、姿が見えない。

「いや。バカになんてことは……ええと、どこにいるんですか？」

「ここよ、ここ」

「ここって言われても……」

「あんたの目の前にいるでしょうよ。まったく。ちょっと待ちなよ。……っほい！」

と、受付の机の上に、突然小さな女の子が現れた。あんまり小さくて、机の下に隠れて見えなかったんだ。

「えと……まさか、ドワーフ⁉」

私が驚くと、受付の子は怒ったようにそっぽを向く。

「ふん！　あんたも受付がドワーフだなんてバカにするんでしょ。でもね、一体受付嬢がエルフだなんて誰が決めたのよ⁉　そりゃ、大きな町の受付嬢はみんなエルフだけどさ。エルフなんて冒険者が持ち込んだ素材の鑑定も出来ないし、受付には不向きじゃない」

「いや、確かにおっしゃる通りですが……」

本当にそうだ。なんで、受付嬢はエルフ、って思いこんでいたんだろう？　ええと、スコンプの場合だと受付と鑑定所が別に分かれていたんだったかな。鑑定所の奥で、ドワーフのお爺さんが鑑定していたんだった。ってことは、スコンプの組合にいたエルフのお姉さんは、見た目と事務処理能力を買われての採用ってことか。

まぁ、「大きな町じゃ、鑑定にはまた別の人を雇うんですよ」なんて言ったらまた怒られそうだから、それは黙っておく。

「失礼ですけど、おいくつですか？」

「は？　あんたも私が小さいってバカにするのね？　言っとくけど、ドワーフは人間よりも寿命が長いから、小さく見えても全然年上だったりするのよ？」

「おいくつなんです？」

「うっさいわね！　十六よ！」

「タメじゃん！」

なんでも、ドワーフは成長も早いから、十歳でもう成人なんだとか。十歳でもう成人して、人間よりも長く若い期間があるらしい。何だよ、夢の種族じゃん。

「ガラダ」

「え？」

「私の名前よ。……それで？　依頼を受けに来たんでしょ？」

ガラダさんは机の上でふんぞり返り、私たちを挑発的に見下ろした。

+007 シュナ、クエストを探す

「で、あんたらどうすんの？　ここじゃ依頼なんてほとんどないか、あるとしても常連優先で回してるから。一見さんが出来る仕事なんて、ロホロ鳥狩りか、ダンジョン探索ぐらいよ」

ロロナッドの町の冒険者組合で、ガラダさんがふんぞり返っていた。まぁ、そりゃ常連優先だよね。いきなり来て割のいい仕事を回してもらおうだなんて、都合よくいくはずない。

「ここのダンジョンに出るモンスターと、魔石の買取価格ってどんなもんですか？」

「うちはほとんどバウンドエイプ。魔石は屑だから買取値はそんな高くないよ。一個につき銀貨2枚ってとこ。ちなみに教えておいてあげるけど、ここの宿の相場は最低のところで一泊銀貨10枚ね。すきま風が入らないそれなりのところに泊まろうと思ったら25枚」

「う～ん。渋いですねぇ……しかも、バウンドエイプか。ぴょんぴょん飛び跳ねて狩るのがめちゃくちゃ大変なやつ。ここって一階層だけですか？」

「うん。しけてんでしょ？　あんな狩りにくいモンスター、一日粘っても五匹も狩れればいいとこだし。誰も狩らないわ」

銀貨2枚かぁ。スケルトンは魔石のみでも銀貨は5枚くらいだった。しかも、結構狩りやすいので人気もあった。

スケルトンが落とすブロンズソードが銀貨15枚。プラスがつくと買値は跳ねあがる。スコンプの町のほうが多少物価が高いから、宿も普通クラスで30枚くらいしたけど……。それにしてもショボい。


「ロホロ鳥ってのは？」

「あんたもここに来るまでに見かけなかった？　まん丸くて嘴の長い、黒い鳥がいたでしょ。あれよ。気性が荒いから家畜化できなくてね。大きて飛べない代わりに、足が速いの。しかも、〈透明化〉と〈すり抜け〉で逃げ出しちゃうのよね。身はつまっておいしいし、ランガドゥからわざわざ食べにくる金持ちも多いから、捕まえて売れば銀貨15枚くらいにはなるんじゃないかしら」

それでようやくブロンズソード一本分かぁ。

「どっちも割と安全な仕事ですね」

「この私が危険な仕事を、あんたたちみたいな女二人連れに紹介するわけないじゃない」

「ってことは、危ない仕事もあるんですか？」

「聞いてどうすんのよ」

ガラダさんが怪訝そうな顔をする。多分、私なら狩れるんだけどね。

「いやぁ、はは。念のため。知らずにそっちに近づいたら危ないじゃないですか」

「それもそうか。……ここで一番危険といえば、魔王ルヴルフね」

「魔王⁉　魔王なんていうんですか？」

魔王なんて言ったら、下位神が出張るレベルの脅威だ。魔王の中でも上位に位置する七災王なんて、神々と今も争っているらしい。お互い、戦いが忙しくて、人間たちの世界にほとんど手出しできないというのが、不幸中の幸いだけど。

なんて思ってたら……

「いや、いないわ。自称よ。本人がそう言ってるだけ」

自称かよ！

「長年、町を広げたくて開墾しようとしているんだけど、町の南の平地がルヴルフのテリトリーなのよね。あの辺りは土がいいから、きっと肥沃な農地になるはずなんだけど」

「そんなに強いんですか？」

「魔王を自称しちゃうようなバカだけど、強いは強いのが悩みどころなのよ。そもそも、言語を解すのも強い魔獣である証だしね」

「あ、人族じゃないんですね。魔獣でそれだけの知能を持つってことは、確かに厄介かも。領主に討伐部隊を出してもらわないと」

「領主も、一度は討伐隊を出したのよ。だけど、長男の初陣だったのに、惨敗しちゃってね。おかげでもう知らぬ存ぜぬを決め込んでいるわ」

「あちゃー」

「シュナちゃん」

と、話し込んでいると、アイシャちゃんが私の袖を引っ張った。何かと思ったら、さっき話していた、あれか。

「アイ……じゃなかった、リリちゃんも一緒にできる仕事がいいって言ってたもんね。なら、ダンジョンに潜ってみようか。リリちゃんがすっぽり隠れるような盾を買ってさ」

「いいの？」

「うん。バウンドエイプの攻撃は大したことないから、むしろ、ダンジョンに慣れるには持って来いかもしれない。ガラダさん、この子でも持てる盾を作ってもらいたいんですけど、この辺りで武具屋さんは？」

「なら、私の実家が裏手にあるわ。ダダラム武装具店ってとこ。一本裏に入ればすぐよ」

「じゃ、とりあえず、明日にでもダンジョンに繰り出してみます。魔石はこちらで買い取っていただけるんですよね？」

「組合協定があるからね。仕方なくだけど」

ま、屑の魔石なんて買ってもこの町じゃ使い道もないもんな。麻袋にいっぱいにつめて、本部か行商人に、測り売りすることになるんだろう。

「色々ありがとうございました。あと、普通のレベルの宿って……」

「それは広場を挟んで組合の反対側。せいぜい、町の人の迷惑にならないよう、がんばんなさい」

「はいっ」

挨拶は基本なので元気よく。私はいい返事で、その場を立ち去った。

「さて。今日は裏の武具屋さんでアイシャちゃんの採寸だけしてもらって、もう宿を探そうか。久しぶりに、ベッドで休みたいでしょ？」

「うん。……だけど、いいの？　盾のお金なんて、私持ってない」

「いいっていいって。アイシャちゃんがこれから頑張って、稼げるようになってくれたら、その時に返してくれればいいからさ」

「シュナちゃん、ありがと！」

腰に飛びついてきた小さく温かいかたまりを撫でながら、私はてへへと頬をかいた。

間章　アイシャ、夜中に目を覚ます

「アイシャ！　逃げなさい！　アイシャ！」

お母様が叫んでいる。屋敷には火が放たれ、そこらじゅうに切り殺された使用人たちの死骸が転がっている。額から血を流したお父様が、私の肩を掴んで言った。

「いいか、アイシャ。よくお聞き。暖炉の裏の抜け道は、教えたことがあるね？　お前はそこからお逃げなさい。抜け道を出てまっすぐ歩いて行くと、スコンプの町がある。そこの孤児院を創立なさったのはこの国の王女様だから、迂闊には探りを入れることができない。そこへ行けばしばらくは安全だ」

「お、お父様はどうなさるの？」

「私は逆賊の汚名を着せられてしまった。やつは釈明の機会を与えず、逮捕に抵抗した際の事故として、私を処分するつもりだろう。当家の最大戦力であった、魔戦将軍クラリンドがやられてしまったのだ。武力で私たちに勝ち目はない。よほど凄腕の傭兵を雇ったようだ」

「そんな……！」

「決して、復讐など考えてはいけないよ。派閥の貴族たちがお前を担ぎ上げて、当家の再興を考えるかも知れないが。お前には、こんなドロドロした世界で生きてほしくない」

「一緒に逃げよう！　お父様！　お母様！」

「ダメだ。私たちがいなければ、いつまでも追っ手がかかる。私たちが出て行って時間を稼ぐ。さぁ、お逃げ。ここで一緒になって死ぬことが、どれほど私たちを苦しめるか、分かるだろう？」

その時、ドアが焼け落ちて、廊下が見えた。廊下の先に、一人の女がいた。顔半分が焼けただれていたが、この火事で出来た火傷ではない、もっと古いもののように見える。使用人の一人に、奇妙に捻じれた細剣を突き刺さんとしたところで、女はこちらに気づいたらしい。

「逃げろ！　早く！」

父の背に隠されるようにして、私は暖炉に押し込まれた。

「その本を、絶対に手放してはいけないよ。アイシャ、私たちはいつまでもお前を愛している」

父はそう言って笑うと、剣を抜き放ち、女剣士に向かって行った。直後、お母様の悲鳴が響いたけれど、私は振り返らなかった。私が捕まることこそが、お二人を一番苦しめることだと言われたから。スコンプに着いたのは、それから丸二日歩いた頃だった。

「夢……」

私は目を覚まし、頬が濡れていることに気がついた。隣ではお人よしの冒険者、シュナちゃんがおへそを出して寝ている。

……シュナちゃんの能力を見た時、私は〝利用できる〟と、そう思った。だからダメもとでついて行った。追い返されるかと思ったけど、シュナちゃんはあっさり受け入れてくれた。

「変なひと」

普通、こんな能力を持っていたら、もう少し警戒したり、もしくは偉ぶったり、すると思うんだけど。時折、そんなお人よしを利用しようとしている罪悪感が、頭をかすめる。

「でも、もう少し。もう少しだけ……そばにいさせて……ね」

私はシュナちゃんのお腹にしがみつくと、悪い夢を忘れるように、もう一度目をつぶった。

+008 シュナ、魔石狩りを教える

「きょわわわわっ！　こんなの聞いてない！　聞いてないよぉ！」

「ほらほら。逃げてばかりじゃ狩れないよ？」

ロロナッドの占有ダンジョンは、町のそばにある岩場にぽっかりと空いたほら穴だった。そこそこ広くはあるようなんだけど、まぁ、大したことない。

「だ、だって！　シュナちゃん。ここ来る前、バウンドエイプってどんな魔物って聞いたら『お猿さんだよ』って言ったよね!?」

「あぁ、言った言った」

「これのどこがお猿さんなの!?」

アイシャちゃんが悲鳴を上げる。まぁ、猿ではあると思う。毛、ないけど。顔、怖いけど。

青黒い肌の猿みたいな魔物が、ぴょんぴょん飛び跳ねて襲い掛かってくる。ただ剣を振り回すだけじゃ、軽業の要領でかわされてしまう。そのくせ銀貨2枚……。割に合わない魔物だ。

アイシャちゃんは今、ガラダさんのお爺さんに特別に調整してもらった、藤製の軽い盾を持っている。一応、〈魔法発動〉で防御力アップの魔法もかけてあるから、ぺちぺち殴られるだけじゃダメージはないはず。手にした剣は私と同じブロンズソードだ。プラスはついてないけど。

「あぁ～！　また逃げられたぁ」

「あははは。あいつ、アイシャちゃんのことからかうだけからかって、行っちゃったね」

「もうぅ！　笑わないでよぉ」

「ごめんごめん」

「そんなに笑うなら、シュナちゃんやってみてよ！　ブロンズソードの能力を使うのは、ナシだからねっ!?」

アイシャちゃんほっぺを膨らませて怒ってる。あははは、かっわいい。

「仕方ないなぁ。……ミラ、能力を一部封印することって出来る？」

『可能です。もちろん、クリシュナに危険が迫れば開放しますが』

「じゃ、やって」

『承知しました』

「ん。あいつがいいかな？」

私は適当なところを跳ね回っているバウンドエイプに狙いをつけた。憎らしい顔をして、こっちをニヤニヤ見つめている。

「そいやっ」

私は気の抜けたかけ声とともにブロンズソードを突き出した。バウンドエイプはニヤニヤした顔を崩さないまま、宙返りし、私の一撃を避ける。だが、私はさらに手首のスナップを利かせ、剣をくるりと回して追撃。避けきれなかったバウンドエイプは真っ二つになった。

「んま。ざっとこんなもんっすわ」

これでも一年以上冒険者をやっているのだ。ブロンズソード＋999を拾う前から、見込みがあるとは言われていたし。

「むぅ〜っ。ズルいズルい！　シュナちゃんのズル！」

「何にもズルなんてしてませぇ〜ん」

「もうっ！　ほら、魔石を拾わなきゃでしょ！」

拾ったところで銀貨2枚なので、あまり積極的に拾う気がしない。すると、しゃがんだアイシャちゃんが何かに気づいた。

「ねぇ、シュナちゃん。何か動かなかった？」

「え？」

「ほら、床の……バウンドエイプが落ちたとこ」

ん？　なんのことだろう？

「あぁ。もしかして、アイシャちゃんは見たことなかった？　ダンジョンで魔物を倒すと、魔物はダンジョンに飲まれて消えちゃうんだよ」

「えっ！　そうなの？　うーん、じゃ、あれがそうなのかな。……でも何か動いたんだよ？　平べったいのがさささーって……」

平べったい……？　う～ん、何を言っているのか分からない。

「ねぇ、ミラ。〈探査〉の結果を教えてほしいんだけど」

『しかし、クリシュナ。先ほど、バウンドエイプばかりだからと、ほら穴にいる間は〈探査〉による報告は中止するよう言ったのはあなたではありませんか』

「そうなんだけど！　バウンドエイプ以外で、何かいる？」

『解。存在します』

「えっ!?」

だが、目を皿のようにこらしても、魔物の姿は見えない。どこにいるんだろう？　アイシャちゃんが言っていたことが正しかった？

「バウンドエイプ以外で、〈探査〉に引っかかるものがいたら教えて」

『承知しました。あなたの足元に、イワカゲスライムがいます』

「は!?　ええええ!?」

慌てて足を上げる。しかし、どこにもそんなものは見当たらない。

『保護色で岩と同化しています。先程、落下したバウンドエイプを捕食するため、移動していました。本来ならダンジョンに吸収されるはずのバウンドエイプを食っているようです』

「うえええ、何それ。聞いたことない」

「ねぇ、シュナちゃん。ミラちゃんはなんだって？」

ミラの声はアイシャちゃんには聞こえない。私がミラに言われたことをアイシャちゃんに復唱すると、アイシャちゃんは手をぽんと打った。

「じゃ、もしかして、バウンドエイプが屑の魔石しか落とさないのって、イワカゲスライムに吸われちゃうから？」

『はい。その通りでしょう』

「そうなの?!　ミラ！」

「そうだって」

「じゃあさ。そのイワカゲスライムをやっつけたら、大きな魔石が採れるんじゃない？」

「アイシャちゃん天才!?」

なんてことなの！　そんなことに気づくなんて。今すぐ抱きしめてちゅーしたいぐらい！

「ミラ、まだここにイワカゲスライムはいる？」

ちゅーはしなかったけど、ハグとほっぺすりすりをしながらミラに聞いた。私に抱き上げられたアイシャちゃんはちょっと恥ずかしそうにしている。

『はい。クリシュナの右足のつま先から、指五本分ぐらいのところに、私を刺してください』

「指五本分ね。オッケー。……えいやっ！」

私は何もない（ように見える）地面に剣を突き立てた。

そうしたら……

「わっ、何これ。気持ちわる！」

地面がうねうねとくねりだし、色がめまぐるしく変わる。やがて、どす黒く変色し、動かなくなった。これがイワカゲスライムか。その死骸はすぐさまダンジョンに吸収されたが、やつは死の間際に四つほどゴロっと大きな魔石を吐き出した。

「おほーっ！　大漁大漁！」

スケルトンのものと比べてもさらに大きい。売ったら一個銀貨40枚くらいにはなるんじゃないだろうか。

「ミラ、すぐさまイワカゲスライムの場所を調べて。片っ端から殺っていくよ！」

『承知しました』

「はぁ。なんていうか、シュナちゃんって……。小市民だよね」

狂喜する私を見て、アイシャちゃんがボソッと呟いた。

で。

「あんたたち、何をしたのよ……？」

私が持ち込んだ魔石を見て、ガラダさんが絶句していた。それもそのはず。屑の魔石を量り売りしなきゃいけないようなダンジョンから、大振りで上質の魔石を50個ほども持ち帰って来たんだから。

「それはまぁ、飯の種ですから。まだ内緒にさせてもらえると助かるかな～。この町を出るときには教えるよ」

「むろん、狩り場の情報は、冒険者には死活問題だからね。むしろ、町を出るときに教えてくれるなんて、大助かりではあるんだけど……本当にこれ、ロロナッドのダンジョンから出たの？」

「うん。そこは本当。……で？　この魔石、いくらつける？　こんな大振りの魔石なんて、この町じゃ滅多にお目にかかれないんじゃない？」

「すべて本物ということも確認済みだし。銀貨60……いや、75枚で買わせてもらうわ」

「えっ」

逆にそれは高過ぎじゃないだろうか？　私的にはいいとこ銀貨50枚。おそらく40枚くらいで決まるだろうと思っていたんだけど。

「あんたも言った通り、こうした大振りの魔石は供給が不足しているのよ。よそから輸入しなくて済むんだから、75枚でも安いぐらいだわ。もっとも、75枚で買うのは今回だけ、感謝の意味も込めての特別価格。次からは60枚で買わせてもらえるとありがたいのだけど。どうかしら？」

「そりゃもう……」

「ありがとう、助かるわ。……まだ、採れるのよね？」

頭の中でミラに問いかけると、耳の奥で『まだ数万体が生息しています』と返事があった。

「うん。まだ全然余裕」

「それはいいわね。これで、お爺ちゃんの研究も進むわ。……王都のほうじゃ、〈鋭利化〉と〈命中〉までは、狙った効果を付与する方法がもう確立されているんでしょ？　プラス2まではもうほぼ確実につけられるらしいじゃない。方法は王立研究院の部外秘だそうだけど、うちのお爺ちゃんもあとちょっとのところまでは来ているのよ」

「へぇ、すごいじゃないですか！」

　これまでプラス効果のついた武器と言えば、ダンジョンのドロップ品にランダムでつくのを拾うしかなかった。しかし、狙った効果をつけられるとなると、国中の武器の品質がぐんと底上げされるようになる。

「しゃべりすぎちゃったわね。一応、これも〝部外秘〟ってことで。じゃ、これ。魔石53個かける銀貨75枚の金貨２００枚。金貨は一枚とちょっとオマケしといてあげたわ。だから、またお願いね？」

　熱に浮かされたようなガラダさんに、とびっきりのウインクをもらった。私たちはずっしりと重い金袋をかかえ、『普通の宿』ではなく、『町で一番の宿』へと向かった。

間章　ヴァレンシア、王に謁見す

コーエン朝パララクシア、首都サンクロフト。

至聖宮。

パララクシアじゅうの工匠たちが技術の粋を尽くし、三十年かけて完成させた王宮である。その姿は荘厳かつ華麗、しかし、全体的には落ち着きと調和があり、足を運ぶものは自然と襟を正してしまうオーラがある。

「よくもおめおめとその顔を出せたものだな。貴様は我ら魔戦将軍の面汚し。私がその首、叩き斬ってやるから、大人しく差し出せ」

ヴァレンシアが至聖宮内部を歩いていると、甲冑姿の女性から声をかけられた。

「……フェンレッタ」

「やめよ。貴様に我が名を呼ばれるのも汚らわしい」

彼女の名前はフェンレッタ。ヴァレンシアの同輩の魔戦将軍であり、魔氷将軍と二つ名す。黎明剣アルマレヴナほどではないものの、充分に伝説級と呼んでいい魔剣〝銀嶺剣シルファンテ〟の持ち主である。パララクシアに一本しかない〝十三聖剣〟を誰が貸与されるかという話になった際には、フェンレッタと激しく争ったものだった。

「すまない、フェンレッタ。私の首一つで贖えるものなら、いくらでも差し出すのだが……。まずは王に報告の義務がある。王よりご下命があらば、すぐにでもお頼みいたそう」

「贖えるものか。それほどの宝を、貴様は失ったのだ。私も王には、大貴族の方々に報告なさる前に、貴様の首を差し出すよう進言したが……。あくまで、貴様本人の口から報告させるとおっしゃり、固辞なさった。わずか数刻ばかりの延命だろうが、王に感謝申し上げるのだな」

フェンレッタはそう告げると、苛立たしそうに立ち去った。フェンレッタと別れ、ヴァレンシアは一人巨大な門の前に立つ。衛兵が中の者たちにヴァレンシアの来訪を告げた。

「魔炎将軍ヴァレンシア閣下、お着きにございます」

謁見の間は巨大なホールとなっている。中央奥の一段高い玉座に座るのは、コーエン朝第七代国王、ワラス三世、その人である。両サイドには大貴族、並びに大司教たちが石造りの堅牢な椅子に腰かけている。その数は全部で四十人。パラクシアじゅうの有力者たちだ。

ヴァレンシアはホール中央まで進み、跪いた。王はヴァレンシアを無視し、まずは大貴族たちに呼びかける。

「よくぞ来てくださった、諸兄ら。まずは説明の場を設けさせてもらったことをありがたく思うぞ」

王は決して専制君主ではない。各地の軍はそれぞれ、その地方の貴族の持ち物である。何人かの大貴族が手を取りあえば、すぐにでも討たれてしまうほどには、王とは脆弱な存在であった。

「王よ、わしは失望したぞ。今この場には、せめてヴァレンシアの首が置かれているべきではないか。それでもなお、我が国の宝〝黎明剣アルマレヴナ〟を失った失態に見合うほどではないのは当然のことだが」

大貴族の一人が王を責めた。そうだそうだ、と、賛同する声があちこちからあがる。一通り言わせておいた後で、王は彼らを制した。

「むろん、そうすることでアルマレヴナを失った損失を埋められるのであれば、余もそうしようと思う。だが、余は、ヴァレンシアの報告には一聴の価値があると感じたからこそ、諸兄らを呼んだのだ。……面を上げよ、ヴァレンシアよ」

「は」

「今この場にて、発言することを許す。あなたは〝アルマレヴナは一振りの剣と打ち合った際、真二つに割れた〟と、そう報告したのだったな？」

「はい。恐れながら申し上げます、陛下。朝陽が出、アルマレヴナの力がもっとも強まる時間のことでした。私は不埒者を叩き切ろうと剣を振り下ろし、相手もまた剣を振り上げました。その際にかちあい、アルマレヴナは真っ二つに……」

「それがどうした!?　言い訳なら聞くつもりは……！」

「待たれよ。カイエン伯」

激昂する貴族を制し、再び王はヴァレンシアに問う。

「それはつまり……〝アルマレヴナを、叩き斬られた〟と、そういうことに相違あるまいな？」

「は。その通りにございます」

「何を言う！」「馬鹿な！」

再び貴族たちから厳しい声が上がるが、王はそれらを全く黙殺する。

「あなたはもう一つ、こうも報告している。〝オーガの血〟に飲み込まれ暴走した魔物を、その剣の持ち主が両断した、と」

「は。その通りにございます」

「だから何だ!?」「我らを煙に巻こうとしているのか!?」

王はまたも、叱責を無視。

「フェンレッタをこれへ」

王が衛兵に呼びかけると、衛兵はフェンレッタを連れて戻ってくる。フェンレッタもまた、ヴァレンシアの隣でひざまずいた。

「面を上げよ、フェンレッタよ。今この場にて、発言することを許す。あなたを剣の達人と見込んで問う。あなたなら、オーガの血に飲み込まれた下郎、〝銀嶺剣シルファンテ〟をもちいて、両断することは可能か？」

「は。恐れながら申し上げます、陛下。……陛下のご下命とあらば、神でさえ斬ってみせましょうほどに」

「ふむ」

「ですが、実際を申し上げれば……、厳しいように思われます。〝オーガの血〟と呼ばれる薬、実際にはオーガどころか、一瞬ではありますが、竜にも匹敵する力を服用者に与えます。そもそもが製造するための素材の調達が困難であり、適合者もまた十万人に一人と言われておりますが、その威力は絶大。たった三人の適合者が数刻暴れただけで、百万都市であった旧アタラクトが滅びたという『アタラクトの焔』事件は皆様もご存じのことと思います。そのため条約で、厳しく製造が禁止されている薬物でもあります」

「続けよ」

「倒すことならば可能でしょう。我がシルファンテには、それほどの魔力が籠められておりますゆえ。しかし、両断となると……いささか、分が悪うございます」

貴族たちがしびれを切らして叫ぶ。

「王よ、一体我らに何を聞かせたいのじゃ!?」

「早う本題に入らぬか！」

「王よ、老婆心ながら申し上げるが、あなたの進退が懸かった大事な局面であると心得られよ」

「そうですとも。私は、陛下にはそろそろご隠居いただき、お子様のナラス様に王位を継がせられるのがよろしいかと思いますが。……そうそう、その際は是非とも我が娘を妃に。年もお互い五つ、お似合いではありませぬか？」

「ガリヤネッド侯！　抜け駆けは許さぬぞ！」

王はため息一つつくこともなく、静まるのを待った。

「まぁまぁ。王の真意を聞いてからでも、遅くはないのではないか」

腹心の執り成しがあり、再び、王が話し始める。

「では、フェンレッタよ。重ねて問おう。アルマレヴナでは、両断は可能か？」

「恐れながら、申し上げます。それもまた、厳しいかと思われます。アルマレヴナは対象を〝灼きつくす〟ことに特化した魔剣でありますゆえ。特に、下郎がオーガの血に飲まれきった最終局面においては、並の剣ならずとも、刃を入れたそばから回復されてしまい、斬っても斬っても傷一つつかぬかと」

「ふむ」

「王よ、何が言いたい!?」

一人の貴族が激昂のあまり立ちあがった。危険な兆候である。すると、王もまた立ち上がった。

「諸兄らよ。余は彼女らの報告を聞いて、こう思うのだが。……このパラクシアの地に、オーガの血に飲まれたものさえをも両断できる、『斬撃に特化した、十三聖剣クラスの魔剣』が現れたのではないかと」

「「「「！」」」」

議場に一斉に、息を飲む音が響く。わなわなと震えた声で、一人の貴族が反論した。

「馬鹿な！　そこの女が、自らの失態を隠すため、話を盛っているにすぎぬ」

「だが、実際に、アルマレヴナは折られておるのだぞ？　一体どれほどの力をもってすれば、そのようなことが可能なのか……。余には想像もつかぬ」

「つぐ、そ、それは……」

「ヴァレンシアよ。今この国において、その剣の持ち主について、多少なりとも情報を持っておるのはあなただけ。我が王国のためにも、何としてもその剣を手に入れるべきではないかと思うのだが、違うかね」

「手に入れることがかなわば、きっと、この国に役立ちましょう」

「よろしい。ではあなたに、その〝名もなき魔剣〟捜索の任を申しつける。それをもって、あなたへの罰としよう。その剣を見つけるまで、首都サンクロフトに足を踏み入れることは許さん。見つけられぬと分かれば、その時は極刑を覚悟せよ。それでも……、引き受けてくれるな？」

「なっ、何をバカな！」

「生温い！」

「それではまるで、無罪放免と同義ではないか！」

　再び、朝議が荒れる。王の配慮に、ヴァレンシアは涙をこらえるのが精一杯だった。今後、この場にいた大貴族たちは、少しでもその剣の情報を聞き出そうと、公私に渡ってヴァレンシアにプレッシャーをかけてくるはずだ。ヴァレンシアがその剣を手に入れてしまえば、その剣は王家のものとなるが、大貴族たちが〝個人的な捜索の結果〟見つけ出すことが出来れば、強大な力を手中に出来るばかりでなく、王家にも恩が売れるからだ。

それは逆を言えば、ヴァレンシアがその情報を秘匿し続けている限り、そして貴族たちが魔剣を欲している限り、誰もヴァレンシアを殺せない、ということでもあった。

「ありがたく、拝命いたします」

ヴァレンシアは床に頭をこすらんばかりの勢いで、王に頭を下げた。

+009　シュナ、アイシャを愛でる

私は笑いが止まらなかった。

「うっほほほほ！　大漁大漁。ミラ、次はどこっ!?」

『あなたの頭上。右手をそのまま真上にあげた位置です』

「ここかっ！　あははははは！　出た出た。お～っ、一匹から六個も!?　最高記録じゃん！」

いやぁ、こんなに儲かっていいんだろうか。もう一年は豪遊できる蓄えは出来たんだけど。

「……ふ～んだ」

視界の隅でアイシャちゃんが剣を振るっているのが見えた。何をやってるんだろう？　バウンドエイプを狩ってるのかな。あんな、狩っても魔石屑にしかならない小物……あぁ、そっか。バウンドエイプを倒して、死骸を食いに来るイワカゲスライムを狙っているのかも。私にはミラがいるから、関係ないんだけど……なんて思ってたら、アイシャちゃんが大きな声を出した。

「みっ、見て！　シュナちゃん！　私一人でもバウンドエイプを狩れたよ！」

「……えっ？」

「えっ、って、え？」

え？

あれ？

ん？

アイシャちゃんがわなわな震えながら私を指さした。

「あ～！　あ～！　もしかしてシュナちゃん、わ、忘れてたでしょぉ～!?」

「い、いや、それは」

「んもう！　ここには私の狩りの練習も兼ねて、来ていたんでしょ！　もしかして全然見てくれてなかったの!?」

ぷく～っと、アイシャちゃんのほっぺが膨らんでいく。し、しまった。金に目がくらんで、つい。

「み、見てなかったわけじゃないよ。何か剣振ってるな～とは思ってたし」

「それは！　見てなかったって！　言うの！」

アイシャちゃんの言葉はもっともなのであった。まずったなぁ。すっかり怒ってしまった。

「ごめんよぉ。今日はずっと、アイシャちゃんの訓練付き合うからさ」

「ふ～ん」

「アイシャちゃんってばぁ」

ほっぺつんつん。

「知らないもん。シュナちゃんなんか」

ほっぺすりすり。

「私、怒ってるんだからね?!　シュナちゃんなんか、嫌いだもん」

ほっぺすりすり&髪の毛いじりいじり。

「も～っ！　真面目に聞いて！」

「あはははは！　ごめんごめん。でも、アイシャちゃんの髪ってほんとに綺麗だよねぇ。しっとり艶があって。くんくん。いー匂い！」

「ほ、褒めたって許してあげないんだから！」

「おでこも、こう……つるん、ってしてて触り心地なめらか～。目なんて大っきくて紅茶みたいに透き通ってて。鼻筋も通ってるから、大きくなったらもっと鼻も高く綺麗になるよ！」

「やめてぇ。は、恥じゅかしぃ……」

アイシャちゃん、耳まで赤くなってしまった。ペールピンクに染まったほっぺなんて、赤ちゃんみたい。また触りたくなってしまう……。

「ちゅちゅかないでぇ」

怒ってぽかぽか殴ってきた。なんなんだろうね、この可愛い生き物は。あはは。

そしてその夜、宿でアイシャちゃんが「話がある」と言ってきた。昼間のことでまた怒られるのかな、と思ってたら、

「私ね、思ったんだけど」

「なになに？」

「シュナちゃんって、欲がないよね？」

ん？　分かってないな、お子様。

欲なんて、あるぞ。アイシャちゃんを抱きまくらにしたいという欲が！　たまに明け方に目を覚ますと毛布に潜ってくるけど、私としては毎日でもいいぐらいだ！

「いや、あるか」

アイシャちゃんがジト目で私を見る。　な、バレた?!　私の欲が。

「あるにはあるけどさ。今日だってイワカゲスライム狩りに、目の色変えて……」

「あ、あぁ～。その欲ね。反省してますです。はい」

「その欲？　何か他に欲があるの？」

「い、いや。ないですないです！　なんも！」

良かった。〝抱きまくら欲〟は見透かされてないみたい。危ないところだった……。

「う～ん。反省はしなくてもいいんだけどさ。……私思うんだけど、せっかくブロンズソード＋999があるんだったら、もっと他に稼ぐ方法だっていっぱいあると思うんだよね」

「ほゎ？」

「イワカゲスライムだってさ。〈魔法発動〉で一気に広範囲を殲滅しちゃえば、後は魔石を拾うだけじゃない」

「えっ」

そ、それは……確かにその通りだけれども。でも、それって、そんなのって……

「なんかズルくない？」

「そんなこと言ったら、剣自体ズルの塊みたいなものだよ？　イワカゲスライムだって、なんで今まで狩られずに残っていたかって言ったら、〈不定形特攻〉がついた剣じゃないとダメージを与えられないからでしょ？　そんな使い道が限定された効果、よっぽど他の効果が当たりじゃなきゃ売っちゃうもん。みんなはシュナちゃんの〈次元収納〉みたいに、いくらでも装備を持ち運べるわけじゃないし」

「おっしゃる通りです……」

一度、〈次元収納〉の限界容量を試してみたことがある。ただ、湖の水を吸いつくしてもまだ容量がある的なことをミラが言っていたので、バカバカしくなってそれ以上は試してない。あ、水はちゃんと戻しておきました。

「シュナちゃんはさ、もっと上を目指してもいいと思うんだよね！」

アイシャちゃんが力説を始めた。

「上って、どゆこと？」

「英雄だよ！」

「はぁ？」

多分、今の私、すっごい間抜け面に違いない。顔じゅうの筋肉が緩み切って、変な声が出た。

「シュナちゃんはきっと英雄になるよ。お父様にいただいた本に出てくる、女騎士様みたいに」

「えぇ〜〜？」

なんじゃそれは。

「なんじゃそれは」

思ったことが声に出てしまった。英雄だなんて、はは。ガラじゃないし。

「シュナちゃん、たった十日の間に結構すごいことしてるんだよ？　ヒンメルズ・リッターを倒したのもそうだし、〝オーガの血〟から盗賊を救ったことだって……」

「いやいやいや。ないよ、ないない。英雄なんてガラじゃないもん」

「ん〜、そうかなぁ？　英雄の資質、充分にあると思うんだけどなぁ」

「それにさ。まだ、アイシャちゃんのお父様の仇が、アイシャちゃんを狙っているでしょ？　私も魔戦将軍さんに狙われているし。目立つのは良くないよ」

「逆に利用するんだよ。向こうから手出しできないぐらい有名になってしまえばいいんだって。色んな町の人を助けてさ、みんなから感謝されれば、どうにでもなっちゃうって」

「そんなうまくいくわけ……」

「だからね！　この町では手始めにさ。魔王ルヴルフっていうのを、倒してみようよ。きっと感謝されるし、名前も売れるよ」

あまりに熱心に話すせいで、つい気圧されてしまった。だけど……

「やっぱ、無理無理無理。目立ちたくないもん。私はこのままでいいんだって。ちょっと楽に魔石が狩れて、たまに美味しいロホロ鳥の料理が食べられれば、それでさ」

ひらひら手を振って笑い飛ばす。

「でもね？」

すると、アイシャちゃんが意味深に笑った。

「シュナちゃんにそのつもりがなくても、勝手にそうなっていくと思うよ？」

「はぁ」

言ってる意味が分からず、またしても間抜け面をさらしてしまった。

だが……、この時の私にはまだ知る由もないことだったが、アイシャちゃんの予言は図らずも的中することになってしまうのである。

+010　シュナ、魔王と遭遇す

『クリシュナ。右後方、冒険者の男』

「またぁ？」

私たちがイワカゲスライムを狩っていると、ミラが警告を発した。どうも、私たちの羽振りの良さが徐々にバレ始めているらしい。もう少し稼がせてもらうつもりでいたけど、もう潮時かなぁ？　さすがに噂が他の町にも広がるまでには、次の行き先を考えなければ。あんまりこの町に人が増えると、潜伏には不向きだもんね。

「ちょっと、そこの人。これ以上ついてきたら承知しないよ」

昔の冒険者は秘密を守るため、狩り場まで尾行しようなんて者がいたら問答無用で切って捨てていたとか。私はそこまでする気はないけどね。

と、人相の悪い男が物陰から現れる。

「へっへへ。嬢ちゃん、そんな細腕で何が出来るっつうんだい？　武器もそんなチンケなブロンズソード一本たぁ……スコンプで買える最低の武器じゃねぇか。痛い目にあいたくなけりゃ、とっとと狩り場を教えな」

なんだろう。

「うわぁ」

　この前も似たようなセリフを聞いた気がするなぁ。この手の人たちってなんでみんな語彙が一緒
「ミラ。〈魔法発動〉……後ろからアイシャちゃんを捕まえようとしているやつにパラライズ」

「ぎゃっ！」

「な！　気づいてやがったのか!?」

　そりゃ、私だって、私から何か聞き出そうとするなら、アイシャちゃんを人質に取るぐらいは考えるよ。むしろ私が守れるように、毎日ダンジョンに連れてきているんだから。

「なるほどな……チャチな剣だと思ったが、〈魔法発動〉がついてやがるのか。だが、〈魔法発動〉にはリキャストタイムがあるはず。これで俺を止めることはできねぇぞ！」

「いいよ。かかってきなよ」

「は。ブロンズソードしか持てねぇ初心者が、いきがりやがって！」

　ほんの一瞬前、メインの武器がブロンズソードなのは〈魔法発動〉がついてるからだって納得してたと思うんだけどな。急に見下してきた。バカの考えることはよく分からん。

「ミラ。やりすぎないよう、セーブしてね」

『承知しました。クリシュナ』

「おらおら！　気ぃ抜いてんじゃねぇぞ！　一流の冒険者が振るう剣の切れ味をてめぇの体に教え

てやるぜ！」

極限まで集中し、男の剣を見極める。多分、鋼鉄製だろう。なかなかに値が張るやつだ。切れ味は素の状態で〈鋭利化〉が2～3ついたブロンズソードと同じぐらい。だけど……

「ほやぁっ！」

気合い一発、私は剣を突き出した。

ぎゃりぎゃりぎゃり！　二本の剣がこすれ、不快な音を立てた。

そのまま一気に振り抜く。ブロンズソードは鋼鉄の剣の、刀身の『内部に』突き進んでいき、半分にスライスした。

「は？」

ペラペラと薄く二枚になった剣を呆然と見つめる男に、私は痛烈な蹴りを見舞う。

「がっ、はっ！」

軽く蹴りあげただけなんだけど、〈怪力〉スキルが有効なので、むちゃくちゃ痛がり、失神してしまった。これに懲りて、もう後を追おうなんて考えないでほしいんだけどなぁ。

男たちはロープで縛ってこの場に放置。後で組合の職員さんにでも引き取りに来てもらおう。こいつらの醜態を見たら、他の冒険者もちょっとは大人しくなる……はず。

「アイシャちゃん。一応、尾けてきてたやつは全員懲らしめてやったけど、ここら辺は人が多いから、もう少し奥へ行こうか」

「うん。分かった。……危なくないよね？」

「大丈夫だって。この剣があるし」

私はアイシャちゃんを伴って、ダンジョンのさらに奥へと進んだ。


そして――――、ダンジョンの奥深く。これまで来たことのないような場所で、私たちは一人のお爺さんと遭遇した。

「あれ？　お爺さん？」

ドワーフだ。というかこの人、アイシャちゃんの藤製の盾を作ってくれた人だ。受付のガラダさんのお爺さん。

「こんなところで何してるんですか？　まさか。お爺さんも私の秘密を探りに」

私から魔石を買うより、自分で集めたほうが安上がりだもんね。だけど、狩り場争いは熾烈なのだ。お爺さんと言えども、私は容赦しないよ。

「おう、嬢ちゃんたちか。その後、盾の調子はどうじゃ。ほれ、見してみい」

「あ、これ……」

アイシャちゃんに渡された盾を矯めつ眇めつして、お爺さんは満足そうに息を吐いた。

「よしよし、さすが儂の仕事じゃ。まったくガタが来ておらんじゃないか。この分ならあと三年使おうが新品同様じゃぞ」

「この辺はバウンドエイプぐらいしかいないから、そんなんで壊れてちゃ話にならないでしょ」

「む、それもそうじゃ。ガハハハハ！」

「それで？　お爺さんはこんなところで何してるの？」

するとお爺さんの手が土で汚れているのが見えた。私の狩りを盗み見に来た……というわけではないみたい。

「実はな、鋼の鍛造には粘土が欠かせないんじゃよ。ゆっくり時間をかけて冷まさねぇと、硬いだけですぐ折れちまう、粘り気のねぇ剣になる。そこで冷却時間をコントロールするために、粘土でくるんでゆっくり冷ますんじゃが……」

「それで、ここに粘土を取りに来たの？」

「うむ。本当は、南の平地のちぃと先に行ったあたりにある土が具合がいいんじゃが……あの辺りは魔王ルヴルフのナワバリでのぅ。それでわざわざこんな深くまで、粘土を採りに来ておるというわけじゃ」

そう言ってお爺さんは、ダンジョンの壁にツルハシを叩きつけ始めた。出た。魔王ルヴルフ。昨日もアイシャちゃんが言っていた、あいつだ。

「そんなに強いんですか？　そのルヴルフって」

魔王を自称しちゃうような魔獣だから、おバカなやつしか想像できないんだけど。でも、領主の編成した討伐軍はやられているんだよなぁ……。

「つええ、つええ。ああいう見た目だから、バカっぽく見えるがの。その爪の一振りで、領主軍を半壊させちまったぐらいの化けもんじゃ。下位竜と戦ってもルヴルフが勝つじゃろうな」

「そんなに?!　っていうか、私、見た目知らないんだけど……」

と、そんな世間話をしていた時のことである。お爺さんがこんこん叩いていたツルハシの音が変わった。

「なんじゃ？　向こうに空洞があるようじゃが……」

「あ、お爺さん。気をつけて」

私は頭の中でこっそりミラに、向こうに危険がないかどうか質問する。今日このダンジョンに入ったとき、ミラに「ダンジョン内で危険があったら教えて」と頼んでいたのだが……壁の向こうにある空洞を、ミラがダンジョンの外だと認識していた場合、教えてもらえない可能性がある。そういうトコロ、ちょっと融通利かないんだよな、ミラのやつ。

「ほおお！　これはもしかすっと、ずっと不毛不毛と言われておったロロナッドのダンジョンの新たな階層への手がかりを見つけちまったかも知れん！　これで、ロロナッドが潤ってくれりゃええんじゃが……」

「あ、待って。お爺さん。ミラが向こうに何か、いるって……」

「ぬぅおりゃあああああっ！」

私の静止も一瞬遅く、お爺さんはツルハシを大上段から振り下ろしてしまっていた。壁がガラガラ音を立てて崩れ、その先の空洞へと繋がる。そしてそこには――巨大で強大で凶悪な、軍よりも強いという魔獣が佇んでいたのだった。

+011 シュナ、と魔王ルヴルフ

お爺さんが驚きの声を上げる。

「なんじゃ⁉　き、貴様は……魔王ルヴルフ⁉」

「あんたが……？」

私は目を見張った。だって、そこにいたのはどう見ても……

「モグラ？」

「ちゃうわい、ボケ～！」

でっかいモグラから鋭いツッコミが入る。ずんぐりした体型、長くとがった鼻、耳はどこにも見当たらない……と思ったら耳の位置に穴が開いているのが見えた。頭に申し訳程度に角が二本生えている。

「なんてことじゃ、ここは魔王ルヴルフの巣穴じゃったのか！」

ドワーフのお爺さんが驚愕におののいている。でも……

「ねえ、モグラだよ？」

「ちゃうわい、こらぁ！」

きんきん高い声で喚くモグラ。その両手に生える爪は鋭利で、確かにあの巨大さなら竜でも倒せそう。

「良いか。われをモグラなどという低俗な獣と一緒にするでないぞっ。これでもわれは竜の血に連なる存在なのじゃっ」

「え、竜って。……あははは！　だって、鱗とか生えてないじゃん。分かる分かる、憧れなんだよね、竜。かっこいいもんね」

「ちーーがーーうっ！　鱗じゃなく毛が生えてるタイプの竜もいるのじゃ！　われは竜なの！　地竜っ！　ここから西の地ではベヘモットなどとも呼ばれ、恐れられておるのじゃぞ!?」

偉そうにふんぞり返るが、見た目がモグラだけに笑える絵面にしかならない。思わず笑いをこらえていたら、お爺さんがゴクリと唾を飲んだ。

「なんと……魔王ルヴルフは竜じゃったのか。よもやそんな恐ろしい化け物がロロナッドの近くに潜んでいようとは……！」

一人だけシリアスしてる。真面目だなぁ。

せっかくなので、私はこの間から思っていたことを聞いた。

「ねぇ、何で魔王って名乗ってるの？　魔王なんて魔物の親玉のことでしょ。でもあんた、失礼だけど、部下とかいないみたいじゃない」

「かーっ。そなた何も分かっておらんな。魔王とは、ダンジョンの支配者のことを言うのじゃ。す

べての魔王はダンジョンを持っておる。国一つ、大陸一つを所有するような七災王なんて化け物もおるがな。あれらもみぃ〜んなダンジョンじゃ」

「えっ！　そ、そうだったの？」

衝撃である。魔王というのはどこかの城に偉そうにふんぞり返って、人間の国を攻め滅ぼす算段を部下としているような存在だと思っていた。

「もしかして、常識だった？」

「わしも初めて聞いたわい」

お爺さんもぼやく。なんだよ、私だけじゃないんじゃん。

「私は知ってた」

アイシャちゃんが得意げにふふんとした。

「ダンジョンの精髄を食えば、強大な力と共にダンジョンの利権が手に入る！　それゆえ、われはロロナッドのダンジョンをずっと狙っておったのじゃ！　いずれは魔王になるのじゃから、最初から名乗っていても悪くはなかろう？」

「へぇ〜。そういうことか。じゃ、このダンジョンにも魔王はいるの？」

「おるじゃろうな。もっともこの程度のシケたダンジョンの魔王ならば、われでも容易く倒せるほどじゃろうが。ダンジョンとは、魔物に対して絶対不可侵の結界でもあるのじゃ。ダンジョンの中で生まれた魔物しか、出入りが出来ん。われもここまで穴を掘ってきたはいいが、最後の壁一枚がどうしても崩せずに困っておったのじゃがのぅ～……そちらから壊してくれて、助かったぞ！」

「なにっ」

ルヴルフの話に、お爺さんが反応した。

「ならば、お前は町の南からここまで穴を掘ってきたっちゅうんか!? 何てことしやがる！ 町の地盤がゆるゆるになっちまうじゃろうが！」

「安心せい！ そうならぬよう、見ろ！ この自慢のホールを。こうやって空間を柱とレンガで補強しながら掘り進めてきたゆえ、町が陥没するなどという恐れはあるまいぞ！ おかげでここまで掘り進めるのに、十年もかかってしまったがな！」

わははははは、とモグラはきんきん声で高笑いする。ダンジョンに空いた穴から奥を覗いたら、どこの大聖堂かというぐらい美しい装飾が施された大ホールになっていた。律儀なモグラだ……。

「こりゃあ、見事なもんじゃ……」

「やるじゃん、モグ竜！」

「ふふん……。モグは余計じゃ、モグは」

とか言いつつ、ちょっと嬉しそうに鼻をひくひくさせるモグ竜。なんか、可愛く見えてきた。

「ね、じゃ、モグ竜はこれからこのダンジョンの魔王を倒しに向かうの？」

「そうなるのぅ……。苦節十年、ついにわれの苦労が報われる時が来たのじゃっ」

「そんなにすごいの？ ダンジョンの精髄って」

「ふふん。貴様は何も知らないやつじゃのう。魔王を倒してダンジョンの精髄を奪えれば、このダンジョンが今度は我が身を守る盾となるのじゃっ！　無敵の結界に守られておれば……たとえ、姉上に見つかっても、怖くはないのじゃっ」

「……お姉さん、怖いの？」

ルヴルフはしばらくもじもじしていたが、やがて「すごい怖い……」と呟いた。私に兄弟はいなかったけど、田舎じゃ、兄弟げんかはしょっちゅうだったしな。モグラ……じゃなかった、地竜の世界でも、色々あるんだろう。

「お母さんは、けんかを止めてくれたりしないの？」

「なっ！　はは母上か!?　母上がいかがした!?　ままままさか、近くまで来ておるというのか!?どこじゃ、母上は!?　こ、こうしちゃおれん。一刻も早く逃げなければ……」

「あ、ごめんごめん。お母さんが来たっていうんじゃなくて。お姉ちゃんとの仲を取り持ったりはしてくれないの？　ってこと」

「な、なんじゃ……驚かすでないっ」

怖いんだな、モグ竜のお母さん……。なんだか、憎めないやつ。アイシャちゃんは町の人を困らせているルヴルフを倒して名を上げよう、なんて言ってたけど、こんなやつ倒せないよね。

「ねえ、魔王を倒すの、ついて行ってもいい？　なんなら、手伝ってあげるし」

そんな提案をしたのは、単純な興味からだ。ダンジョンの支配者たる魔王や、ダンジョンの精髄など、実際にこの目で見てみたい。

「な、なんじゃっ？　何が狙いじゃ？」

「別に何も狙いなんてないよ。……しいて言うなら、この町の人ね、今ルヴルフが縄張りにしているあたりまで、町を広げたいらしいんだ。もし、このダンジョンが手に入ったら、ルヴルフはあの平野はもう用はないんでしょ？」

「うむ……それは、そうじゃが」

「あのあたり、きっとルヴルフが耕してくれているせいだと思うんだけど、農地として最適らしいのよ。だから、さ。モグ竜は魔王を倒してダンジョンを手に入れられるし、私たちは町を広げられるし、利害の一致ってわけ」

「ふむ……われ一人でも倒せると思うが……」

モグ竜はしばらく考えていた。そして、

「まぁ、よかろうっ！」

こうして、私たちは変なモグラと一緒に魔王を倒しに向かうことになった。

+012 シュナ、真の魔王と対峙す

「何でお爺さんもついて来るのよ」

私たちとルヴルフの魔王見学……じゃなかった、討伐に、なぜかドワーフのお爺さんまでついてきた。

「何でってそりゃぁ……。魔王なんて珍しいもん、わしだって見てみたいじゃろうがい。せっかくなんだからよぅ」

お爺さんが口を尖らす。全然可愛くないから、それ。やめたほうがいいと思う。

「いてもいいけどさ。いざとなったら、私は守んないからね。アイシャちゃん連れて逃げるから」

「かーっ。お前さんみてぇな娘っ子に、守ってもらおうとなんざ思わんわい。そんなチンケな剣よか、わしのツルハシのほうがよっぽど強いっつーの」

そう言って、お爺さんはぶっとい腕をがしっと叩いた。まぁ、そんだけ筋骨隆々なら、ちょっとやそっとじゃやられないか。みんなで魔王見学……じゃなかった討伐としゃれこもう。

「おいっ。そろそろのようじゃぞ！　そなたら、もう少し、緊張感を持たぬかっ」

「だって。ルヴルフなら、楽勝なんでしょ？」

「そなたのぅ。一応、手伝いに来たということじゃったろう？　われ一人に魔王退治をやらせる気満々で、な～にが『お互いの利益のため』じゃ！」

「まぁまぁ、危なくなったら助けに入ってあげるから。万が一の時のためだと思ってさ。大船に乗ったつもりでいてよ」

「ふんっ。……気を引き締めろ。仮にも相手は魔王じゃからなっ」


私たちはダンジョンの最奥と思われる場所に、たどり着いた。何もない、だだっ広い空間が広がっている。その中央から、にゅっとハゲ頭の男が現れた。

「おや。このダンジョンに、配下以外の魔物が入って来たのは久しぶりですよ。何者です。このダンジョンは、七災王の配下、ランドールの持ち物と知っての狼藉ですか？」

「ランドールだとぅ？　知らん知らん。われはこのダンジョンを乗っ取りに来たのじゃっ。さっさとわれに倒され、ダンジョンを明け渡せっ」

モグラがびしっと指を突きつける。一方の、突きつけられた方はちょっと呆れ顔だ。まぁ、そりゃそうだよね。どう見てもモグラだもんね。

「ふむ、どうやってここまで入って来たかは知りませんが、魔王のことをよく知らぬと見える。どれ、少し遊んでやりましょうか」

と、ランドールと名乗った魔王が指をパチンと鳴らした瞬間、地面が急激にせり上がり、土の柱がモグ竜を天井に叩きつけた。

「貴様らはなんなのです。見たところ、魔物ではない……人族のようですが」

「あ。こっちのことは気にしないで。見学ですんで。……それに、ルヴルフもこのぐらいでやられるとは思わないし」

「ほう。だいぶ買っておるようですね。あのデカブツを」

「そういうわけでも、ないんだけど。あ、ほら。上。気をつけて」

魔王が上を振り仰ぐ。すると、土の柱から逃れたルヴルフが巨体を活かし、魔王を叩き潰そうと落ちてきたところだった。

「やるぅ！」

これで魔王は跡形もなくぺしゃんこに……と思ったら、魔王は別の場所からまた、にゅっと出てきた。

「おのれっ。すばしこいやつ！」

振り向きざま、ルヴルフが爪を振るう。爪から生じた斬撃が真空波となって、魔王を切り刻む。竜巻にも似た暴風が魔王を細切れにした。あれではひとたまりもない……と思っていたら、また再び魔王が別の場所から、にゅっと顔を出した。

「無駄なのが分かりませんかね？」

「なんの、まだまだ！」

モグ竜は両手をつき、意外にも素早い動きで魔王に駆け寄る。おお。走ってる姿は結構、様になっている。竜……って感じではないけどオオカミみたいでちょっとかっこいい。

モグ竜が大口を開けた。口の端からチリチリと火花が散っているのが見えた。ブレスだ！

「ふん」

超高温のブレスが魔王を焼き尽くすかに見えた寸前、魔王はまたしても床にどろっと溶けて、別の場所からにゅっと現れた。

「こ、これではキリがないっ」

モグ竜がつらそうに息をつく。あいつ、太めだから……すぐ息が上がるんだな。

「ほらほら、どうしました。それで終わりですか。ではこちらからいきますよ？　まずはこれを受けてみなさい。〈鋭利化〉三倍」

瞬間、魔王の足元から、土の剣が生み出された。剣はくるくる回りながら飛び、ルヴルフの首を跳ね飛ばさんと迫る。

「ちぃっ！」

間一髪、華麗にバック転して難を避けるルヴルフ。だが、どんどん土の剣は量産され、二十本近くが舞い飛ぶようになる。

「だあっ！」

ルヴルフは土の刃に突進し、全身で受け止めた。その皮の強靭さに刃が立たなかったのか、土の刃が粉々に砕け散る。

「少しはやるみたいですね。ですが、私の力はまだこんなものではありませんよ？　次は〈鋭利化〉六倍までいってみましょうか」

次も腕で防ごうとしたみたいだが、ルヴルフは慌てて腕を引っ込めた。まともに当たったら、次こそ切り裂かれると思ったんだろう。

「われを、なめるなぁあああっ！」

ルヴルフが巨大なブレスを吐く。熱せられた土の剣はぼろぼろと崩れ去ってしまった。

「はぁっ、はぁっ」

うーん。助太刀したほうがいいかなぁ？　でも、別に魔王だって悪いことしてるわけじゃないんだよね。なんて思ってたら、ドワーフのお爺さんから服のすそを引っ張られた。それ、アイシャちゃんがやると可愛いけど。お爺さんがやっても可愛くもなんともないやつー。

「のうのう」

「なに？」

「さっきから〈鋭利化〉何倍とかゆうてるんは、どういうことじゃと思う？」

「え？　だから、そのままでしょ。〈鋭利化〉の魔法を込めてるんじゃない？」

「土くれで出来た剣にか？　そら、おかしくないかね」

「おかしくはないんじゃない？　ただのブロンズソードでも〈鋭利化〉が2～3もつけば、鋼の剣と渡り合えるぐらいにはなるんだから」

「むぅ。それもそうか……ちゅことは、待てよ……？」

と、お爺さんは自分の世界に入り込んでしまった。何だったの、一体？

一方、魔王とルヴルフの戦いは佳境に到達していた。

「鱗を持たぬ竜の分際で、十倍まで耐えますか。では、次は、二十倍と行きましょうか。……さすがに、この私でも、一本しか作れませんけどね」

「くぅっ！　なんだって、お前、そんなに強いのじゃ！　こんな、バウンドエイプしか出ないようなシケたダンジョンのヌシのくせに！」

あ、ルヴルフのやつ、イワカゲスライムのことを知らないんだ！　実はここ、魔石ザクザクの超優良ダンジョンなんだけど。

「クハハハ！　身を隠すため、わざと人間にも興味を抱かれぬような、シケたダンジョンとして作ったかいがありました！　おかげで、あなたのような竜を呼び寄せる羽目にはなってしまいましたが……」

「おのれ、卑怯なぁっ」

「何とでも言いなさい！　さぁ、私の最大の力を受けてみなさい！　〈鋭利化〉二十倍だぁッ！」

あ、これは助けに入らなきゃダメなやつだ！

+013　シュナ、魔王を斬る

「なんなんです、あなた！　その剣は!?　我が刃には〈鋭利化20〉相当の魔力を込めたというのですよ!?　それを、折るなど……！」

ランドールと名乗った魔王は、驚いたように目を見開いていた。

〈鋭利化20〉か。国一番の汎用武器であるスケイルスラッシュが〈鋭利化13〉だから、それ以上ということは神の賜物、伝説級の武器にも届きうる魔力が籠められていたということになる。伝説級の力を簡単に生み出せる、って実はすごくない？

「そなた……われを助けてくれたのか」

「言ったじゃん。危なくなったら助けるってさ」

はぁはぁ言ってるモグ竜の肩を優しく叩く。と、ランドールが青筋を立てて叫んだ。

「私はこの場所で力を研ぎ、いずれは七災王に挑むのです！　今でこそ従属魔王なんぞやっていますが……七災王にすら届きうる伝説級の武器、それと同じ鋭さを、一時的にとは言え付与するこの技を！　どうやって、うち破ったというのです!?」

なんか悪いことしたなぁ。私の〈鋭利化１２０〉の前には何もかも霞んじゃうよね……。私もちやんと覚えておこう、〈鋭利化20〉は伝説級の域って。ついこの間折ったばかりなので、いまいちピンと来ないけど。

「あの、ごめんね。モグ竜も憎めないやつだからさ、情が湧いちゃって。ケンカを売ったのはこっちからなんだけど、ここは引かせてもらえないかな？　モグ竜のことは後で私がしばいとくから」

「そんなことはどうでもいいい！　あなたの剣！　その剣は何だと聞いているのですよっ！」

ランドールが唾を飛ばし、激昂する。その時、

「そういうことじゃったのかあああああっ！」

いきなり、ドワーフのお爺さんが奇声を上げた。

「な、なに？　お爺ちゃん」

「うおおおっ、わしはっ、わしは勘違いしておったのじゃ！　粘土じゃ！　粘土にこそ、魔力を固着させる秘密があったのじゃ！　長年使い、親しんできた粘土こそが、確実に狙った効果を付与するポイントであったのじゃあっ！　そこな魔王のおかげで、わしは気づけたぞいっ！」

そういや、ガラダさんが言ってたっけ。武器に狙った魔力を付与する秘密にあと一歩のところまで来ているって。王立研究院と同等レベルの研究結果って、何気にすごくないか？

「なんか……おめでと？」

「こうしちゃおれん！　早う帰って、技術を確立せねば！」

「逃がすと思いますかっ!?」

突然、目の前に巨大な土壁が出来る。

「クハハハハ。その剣の秘密、聞かせてもらいますよっ！」

「ぐっ。ここは地竜であるわれがあやつを引きつける。おぬしも見たじゃろっ？　あやつのあの力を……さっきのようなマグレが、二度もあるとは思えん。地竜の底力、しかと見せてくれる」

と、ルヴルフがかっこつけた。

「でも、ルヴルフ、満身創痍じゃない。何か、結構強い魔王だったみたいだし」

「私をそこらの雑魚魔王と思ったのが運のツキです！　七災王グランディアズに仕えし、四大王が一人、地のランドールとは私のことよっ！」

「……うん。えと、その、そうなのね」

申し訳ないけどあんまり強そうに聞こえないのは、多分、頭に『地の』がついてるからだと思うんだけど。そこはスルーしよう。多分、実際の強さとは本当は関係ないと思うし。多分。今みたいに、土を自在に操るのは脅威だしね。

「秘密って言われても、単純にこの剣があなたのやつより強いだけなんで。大人しく、帰らせてもらえませんか」

「そんなチンケな銅の剣が、私の生み出せる最高の力をも凌駕すると言いたいのですか？　何たる愚弄！　良いでしょう、もはや聞き出そうなどとは言いません！　あなたを殺して剣を奪い、じっくりと調べさせてもらうことにしましょうっ！」

やっぱり、こうなるよね～。まぁ、こうなったほうが逆に、話が分かりやすくていいんだが。

「んじゃ、ほいっと」

私はブロンズソードを一閃させて、ランドールを斬り伏せた。だが……、

「なるほど。切れ味だけは確かに鋭いようですね」

さっきのルヴルフとの戦いのときのように、別の場所からランドールがにゅっと現れる。あ、あれれ？　これって、もしかして無敵じゃないの？

ルヴルフが言った。

「これで分かったじゃろう。あやつに物理攻撃は効かんのじゃっ。そなたがいかに腕に覚えがあろうと、あやつには手も足も出ぬはず。われが退路を作る！　そなたは逃げよッ」

そう言って、ルヴルフは巨体を活かして土壁に体当たりした。土煙をあげて、壁はがらがらと崩れる。ひええ。

「逃がさないと言ったはずでしょう!?」

「おのれ、させぬっ」

土くれの剣を投げてくるランドール、炎を吐き対抗するルヴルフ。スペクタクルだわぁ。

「あのね、シュナちゃん」

「あ、危ないよ。アイシャちゃん」

モグ竜とハゲ魔王が戦っていると、アイシャちゃんがとことこ私のもとにやって来た。背伸びし

て、私の耳に顔を近づける。そして、ごにょごにょ。

「……ね、だから、……じゃない？」

「ふむふむ」

「……でしょ。……だから」

「ほうほう……」

「……ってことは、……で、……じゃないかなって」

「……なぁるほど！　アイシャちゃん、賢いっ！」

私はアイシャちゃんを全力でハグして、ほっぺをすりすりした。アイシャちゃんは少し体をこわばらせて、むーっとしている。むーっと。

アイシャちゃんと離れ、私は宣言する。

「おいっ、ランドール！　私を殺そうとしたこと、今なら許してやるぞ！」

「何を言い出すかと思えば。先ほども見たでしょう!?　あなたの攻撃が効かないところを！」

「ならば、この剣を受けてみろっ！」

私はランドールまでの距離を一息に跳んで、ブロンズソードを振り下ろした。ランドールの右半身を斜めに斬り裂く。さっきは、このあとランドールがどろっと溶けて、別の場所からにゅっと出てきたのだが……

「な、バカな……！」

ランドールは斬られた体も治せないまま、硬直していた。

「ハァッハッハ！　見たか！　お前はさっき、ルヴルフの攻撃はすべて受けて見せたが、ルヴルフが炎を吐いたときだけは、先に地面に潜って炎をかわしていただろう！　あれを見て、お前の弱点は炎だと、私は気づいたのだよっ！」

そのため私は、〈魔法発動〉によって、剣に炎の魔力をまとわせた上でランドールを切り裂いたのだ。

「……いや、どう考えても、気づいたのはそっちのチビっ子のほうでねーか？」

お爺さんが余計な茶々を入れてくる。ううう、うるさいなぁ。

「よくも……！　確かに私は、熱せられると泥の体が固まってしまって、地面に潜ることが出来ない……！　そのことに気づかれるとは！」

ランドール、説明ゼリフでの弱点の吐露、ありがとう。では、ここから、私のターンだ！

「もう地面に潜り、この炎をかわすことはできまい！　ゆくぞっ！」

気分が高まって、ちょっと騎士様みたいな口ぶりになる私である。ぐぐっと腰を落とし、矢をつがえるように、剣を引く。こんな動作なくても〈魔法発動〉は出来るんだけどね。ま、気分よ、気分。私は剣を突き出しながら、コマンドワードを叫んだ。

「ほやぁあっ！　メガファイヤァア――――ッ！」

瞬間、巨大なホールを埋め尽くすほどの凄まじい炎が、剣の先から噴き出した。業火はランドールを黒焦げにし、焦げた先から吹き飛ばしていく。

「こ、この熱量……われの炎の、何倍も……！」

モグ竜がなんか言っている。

「あ……が、ば、バ……かな……」

やがて、ランドールの体表のほとんどが焼失し……半分ぐらいの大きさになったところで、炎は弱まっていった。

+014 シュナ、後悔する

『クリシュナ。また今のようなことがあっては困ります』

「ごめんなさい、反省してます」

私はミラに説教されていた。密閉された空間であんなに大きな炎を出してしまった。ミラがとっさに、アイシャちゃんとドワーフのお爺さんをマジックシールドで守ってくれたから良かったようなものの……。あれじゃ、アイシャちゃんまで黒焦げにしちゃっていたかも知れない。

「のうのう、あいつ何を独り言を言っとるんじゃ？」

お爺さんがアイシャちゃんの袖をくいくいやっている。だからそれ、可愛くないからやめたほうがいいと思う。

「ぐ、ぐぎ……ぎ……」

私がしょんぼりしていたら、ホールの中央で黒焦げの物体がうめいた。まだ倒しきれていなかったのか。七災王の……なんだっけ？　なんとかの、地のランドールだけはあったってことだ。

ルヴルフが近づいていくと、ランドールだった『モノ』はもぞもぞと動いて、焦げを振り落としていく。中から小柄になったランドールが現れた。

「すまんな。そなたを倒したのは、われの力ではないが……そなたを倒して、我は魔王になる」

「ま、待て！」

ランドール・ミニが悲鳴を上げた。

「わ、私を倒したところで、魔王になどなれませんよ!?」

「なんじゃと……？」

「そもそも、魔王を倒して力を奪えるのは、同じ魔王だけです！　何を勘違いしたのかは知りませんが、魔王のことをよく知らないように見えたから、少々懲らしめてやろうとしたまでです！」

「な、なぬぅ？」

「っていうか、あなた！　そもそも、竜でしょう?!　本来の区分で言えば、魔物ですらないじゃないですか！　竜は人族や魔族がこの世界に生まれる前からいたと聞いていますよ?!　どうして魔王になれると思ったんです!?」

え、そ、そうなの？　竜って、魔物とはまた別枠なわけ？

「私はそうなんじゃないかな、って思ってた」

アイシャちゃんが得意げにふふんってした。さすが、本の虫。

「これで……姉上から逃れられると思ったのに……！」

ルヴルフが肩を落として落ち込んでいた。すると、ランドール・ミニが私を見上げて言う。

「そ、そちらの冒険者の方！」

「私？」

「貴女様の命を狙ったことは、平にお詫びいたします。どうか、命だけは助けていただけないでしょうか。貴女様があのような実力者とは知らず……！　どうか！」

ん？　んー、どうしよっかな。私としてはモグ竜の手伝いに来ただけだし。命を狙われたことは腹立たしいけど、反省してるなら別にいっか、とも思う。

「あのさ。魔王が死ぬと、ダンジョンはどうなるの？」

「ほ、他の魔王に殺された場合でしたら、新たな魔王に力が移ります。ですが、冒険者に殺されたり、寿命を迎えたりしますと、ダンジョンの機能もまた死にます。再びこのダンジョンに魔王が産まれ、ダンジョンが蘇るまで、短くて十数年、長ければもっとかかるかと」

「じゃあさ、イワカゲスライムから魔石も採れなくなる？」

「い、イワカゲスライムにお気づきでしたか。ええ。彼らも力を失い、徐々に数を減らしていくことでしょう」

「う〜ん。ガラダさんに、イワカゲスライムの狩り方教えるって約束しちゃってるからなぁ」

「あんまり狩られると、力が溜まらず、元に戻れぬのですが……あ、いえいえ、命には代えられませんけどもっ！」

この魔王も、別に町の人に迷惑をかけていたわけでもないしね。密かにここで七災王を倒す力を研いでいただけみたいだし、まぁ、見逃してやってもいいかなぁ。記憶だけは操作させてもらうけど……。

「お前さん、すごい冒険者だったんじゃのう……あの炎、わし、びっくらこいて腰を抜かしちまったわい。ルヴルフがとっさに立ちふさがって守ってくれたから、良かったようなもんの」

ありゃ。ミラが守ったことは気づいてないんだな。でもどっちみち、このお爺さんの記憶も、消さないと。と、思って、はたと気づく。

「みっ、ミラ！」

「さっきから誰じゃい、そのミラっちゅうんは」

『なんです、クリシュナ？』

私はお爺さんと少し離れ、ひそひそ声でミラに聞いた。

「あのお爺さんさっき、ランドールとの戦いの中で、何か閃いていたよね？」

『そのようですね』

「じゃあさ。もし、ランドールとの戦いの記憶を消したら、その閃きも消えてしまう？」

『解。おそらく、そうなるでしょう。彼がランドールの言動のどこにヒントを得たのか、それがどのような順序を辿って閃きへと結実したのか……複雑に絡み合っているため、一部だけを例外扱いするのは難しいかと』

「はあぁ～！　じゃ、じゃあ、お爺さんの記憶、消せないじゃん！」

たった一人で王立研究院の重要機密に手が届くまでの研究成果を出したんだよ。そんなの奪ったりなんてしたら、申し訳なさすぎる！

「あ、あの……お爺さん？」

「なんじゃい？」

「私がここで、大ぶりの魔石をいくつも採って来れた秘密、お教えします」

「おぉ、なんじゃい。ありゃ、お前さんだったのか。ガラダがよぉ仕入れてきてくれるもんじゃから、有能な冒険者が町に来たもんじゃとは思っとったが」

「その……代わりと言っては何ですが、ここで見たことは黙っていてはもらえないでしょうか。この力を狙った悪漢に、襲われてしまう恐れがあるので」

「おお、ええよええよ。そんぐらいは。別に、魔石の採り方を教えてくれんでも、黙っといてやるわい。じゃが、本当にええんか？　……せっかく有名になれるチャンスじゃっちゅうんに」

む、何やら危険な香りがする。

「いやぁ、はは……。ちなみにお爺さん、お酒は？」

「見たらわかるじゃろ。ドワーフじゃぞ、わし。飲むに決まっとろうが」

あ、ダメだ。この手のタイプは、酔うと口を滑らすタイプと見た。はぁ、せっかくいい町だったけど、ここともおさらばかなぁ。

「だから言ったでしょ？」

アイシャちゃんが私に肩ポンして、薄い胸をそらした。全部お見通しだったらしい。

「わ、私は平穏無事な暮らしを守ってみせるよ。……ただ、この町とはお別れかもね」

「いいところだったのになぁ～。ロホロ鳥おいしいし」

アイシャちゃんのいじわる。それを言うなよ。

「あの……それで結局、私はどうなるんでしょう？」

ランドール・ミニが揉み手しながら聞いてきた。仕方ない。

「評定を下します」

「！」

「ランドール、あんたは不問。こっちから押しかけたわけだし。ただし、イワカゲスライム狩りは解禁させてもらうけど」

「あ、ありがとうございます……！」

「で、モグ竜。あんたも残念だったね。まぁ、勘違いして迷惑かけたってことで、こっちに来て握手しな」

「むぅ。仕方ないのぅっ」

私はランドールとルヴルフの手を強引に繋がせ……ぴかっ。二人とも記憶を改ざんした。

これで、ランドールはモグ竜にやられたと思うし、モグ竜も勘違いに気づいて平和的に解決したと思うはずだ。

「さーって。次の町、どうすっかなー？」

私は伸びをしながら、誰にともなく呟いた。

+015　シュナ、バネウオを食べる

「いやぁ、はは。またまたお嬢ちゃんたちを乗せるとはねぇ」

私とアイシャちゃんは旅の空の下にいた。ちなみにこの乗合馬車は、三度目のご利用である。おっちゃんともすっかり顔馴染みになってしまった。

「いやぁ、でも良かったですよ。ちょうど、ランガドゥから帰って来ていたおじさんが立ち寄っていたところだったなんて」

「ありがとう、おじさま。シュナちゃん、ロロナッドで問題を起こして、いられなくなってしまったのよ」

「アイシャちゃん、言い方！　……間違ってはないけど」

まだドワーフのお爺さんは誰にも私のことを話してはいないようだけど。変な噂が立つ前に、立ち去ってしまったほうがいいだろうと判断し、私たちはロロナッドの町を出た。これで、後々お爺さんが口を滑らせても、私の顔を覚えている人なんて町に残ってはいないだろう。

「さぁ、この先ちょっとだけど海が見える道を通るよ！」

「わ～！　私、海って見たことないかも！」

「私も……」

馬車の幌から、二人して顔を出す。

「わ～！　青～い！」

「すご……」

突き抜ける蒼天。なだらかな崖の下には大海原。手前のほうは、海の底が見えるくらいに澄んでいて、白い岩が透けて見えるおかげで青というよりエメラルドグリーンに見える。波にきらきら光が反射して、宝石みたい。

「この先のマルトン大橋を渡ったら、マルトン駅だ。お嬢ちゃんたちはそこまでで良かったんだったよね？」

「はい。そこからまた、別の馬車駅まで徒歩で向かおうと思ってまして」

「マルトン駅はちょっと大きい駅でね。名物のバネウオの塩焼きがおいしいよ。せっかくだし、おじさんが奢ってあげようじゃないか。お嬢ちゃんたち美人だから、これはオマケだ」

あらやだ。美人に産まれて良かったわぁ。なんて、パディナ村にいた頃のおばちゃんみたいな感想を抱く私である。

「どんなお魚なの、おじさま？」

「それがねぇ。背びれがこう、らせん状にぐるりと一回転してるんだよ。左回りがオスで、右回りがメスなんだがね。回転しながら泳いで、獲物に鋭い鼻を突き刺すんだ。こう、体を短く縮めてから、伸びると同時に矢のように飛び出す！　だから全身が筋肉で、陸の獣の肉に近い味がする」

「へぇ〜！　面白〜い」

「皮のところがぷりぷりのコリコリでね。んまいよ〜。あれ？　ちょっと待っておくれ。あそこに誰かいるようだねぇ」

　おじさんが何かに気づいたように声を上げた。視線の先に、ショートカットの可愛い女の子がいる。

「あれぇ？　あの子、獣人かね？　見たことのない種族だが。どうやら、馬車に乗りたいようだねぇ。ちょっと停めるから、どこかに掴まっていておくれよ」

　しばらくすると、馬車ががたがた揺れて、停止した。私も、ひと目見ておじさんが「見たことない種族」と言った意味が分かった。というか、その獣人もどきの正体がわかった。

「モグ竜じゃん。何してんの、こんなとこで？」

「むむっ、なぜバレたっ!?　こんなにうまく変身しているというのにっ！」

「あ、変身してるつもりだったの、それ」

「何を言うっ！　どっからどう見ても、人間じゃろうっ!?」

　いやぁ、だって。ねぇ？　彼女のピンと尖った鼻が、全身に渡る変身の努力をすべて台無しにしてるんだもの。土台が可愛いだけに、付け鼻でもしてふざけているみたいに見える。

「っていうか、モグ竜って、女の子だったの？」

「き、気づいておらんかったのか!? われは最初っから、超絶美竜じゃったろうが! 産まれたばかりのわれの毛並みを見て、末は竜大王から求婚されるんではないかと、父上様が危惧していたほどなのじゃぞっ!?」

それは……まぁ、親バカっていうんじゃないかなぁ?

御者のおじさんが御台から振り向いた。

「なんだい、君たち、知り合いかい?」

「あ、そうみたいです」

「ってことは、待ち合わせでもしていたかな。君も、マルトン駅から迎えに来たのかね。よっぽど待ちきれなかったんだねぇ。じゃ、乗ってくれ。出発するよ」

「ほら。私たちになんの用か知らないけど、まずは乗って。手、貸すから」

「か、かたじけない」

そして馬車はルヴルフを乗せ、マルトン大橋を渡った。


ぎゅむっ、ぎゅむっ、と弾力のある肉を噛んでいると、脂の甘い味がするぷるぷるの皮と混じって次第にほぐれていく。絶妙な加減で塩がふってあり、磯の香りがする肉汁と混じって口の中に染み渡っていく。

「ふんまぁ~」

「おぃひぃ……」

「ほう。これはなかなか……」

私たちはおじさんに奢ってもらったバネウオの塩焼きを頬張っていた。ちなみに、モグ竜ことルヴルフはとんがった鼻を引っ込めて、完全に人間に変装することに成功していた。どうやってやるのか聞いたら、「気合」だそうだ。

「はっはっは。おいしいだろう。気に入ったようで何よりだ」

「おいしいです。ありがと、おじさん」

「ありがとうございます」

「かたじけない」

三人そろって、頭を下げる。おじさんは嬉しそうに笑った。

「なぁに、良いってことよ。じゃ、わしはこれから用事があるから。ここでお別れだね。またどこかで会えるといいね」

「さよーならー！」

馬車に乗って去っていくおじさんに、手を振って別れた。

「で。なんであんた、私たちを追って来たのよ。おじさんはマルトン駅から迎えに来たって勘違いしてたけど、ロロナッドから先回りしてたんでしょ？」

「む。実はな……われ、そなたに何か助けられたような気がするんじゃよな」

モグ竜が深刻そうな顔をした。嫌な予感がする。

「…………………聞きましょうか。続けて？」

「何か……、ふとした瞬間に頭によぎるんじゃ。ダンジョン全体を揺るがすような、凄まじい業火が……。われ、そなたに恩を返さねばならぬという思いがどうにも高じて、いてもたってもいられなくなってのぅ。それに元々、魔王との争いを収めてくれたのもそなたじゃったろ？　そなたに手助けしてもらう代わりに、ロロナッドの南の平野を明け渡すという約束をしておったし。行くところがないんじゃ」

これは……。記憶操作のかかりが浅い？　やっぱ、さすがは地竜ってことなのかな。ルヴルフは作られた記憶の他に、私に助けられた記憶がかすかに残っているような感じがする。

「で、物は相談なんじゃが、われも一緒に行ってはダメかのぅ？　道中、そなたの役に立つぞ」

「まぁ、行くところがないのは分かったけど、一緒にというのは……」

マズいなぁ。悪い子じゃないんだけど、連れて行くとなると秘密がバレる可能性が飛躍的に高まるのでは。

「いいじゃん。連れてってあげたら？」

「アイシャちゃん、何を!?」

この子は急に、何を言い出すのよ!?　アイシャちゃんがニヤリと黒い顔で笑った……ように見えた。

「だって、竜とお友達なんて、きっと自慢できるじゃん」

「そうじゃろ、そうじゃろ？　われなら鼻も効くし、役に立つと思うんじゃが」

「えっ、えーー。うーーーん」

「後世の叙事詩にこう書かれるんだよ。その女騎士、地の竜を従え、諸国を巡りたもう〜って」

「ちょ。だから私は、英雄とか興味ないから」

アイシャちゃん、隙あらば私をプロデュースしようとしてくるなぁ。

「それにのう、そなたと一緒なら、母上や姉上が来ても、なぜか無事に逃げられそうな気がするのじゃっ！」

それが目的か！　っていうか、どこまでお母さんとお姉さんが怖いんだよ！　と、ルヴルフがうるうるした目で見つめてくる。

「良いじゃろ？　のぅ……われ、行くところがないのじゃ」

ち、近い。近いよ。　あれ？　こいつ、あのモグ竜だぞ？　今は超可愛くなってるけど。

「んー、もう！　わーった、しゃぁない！　ちゃんと名乗ったことなかったよね？　私はクリシュナ。シュナって呼んで。こっちはアイシャちゃん。今から徒歩で山越えだけど、それでもいいならついてきなよ！」

結局、押し切られてしまった。ま、何か問題になりそうだったら、アイシャちゃんと違って、またちょちょっと記憶をいじっちゃえばいいんだもんね。……あんまりいじり過ぎると変になっちゃうとか、ないよね？

ってなわけで、私たち三人は山の向こうの馬車駅を目指し、歩き始めたのだった。

+016 シュナ、真理に到達す

「ね〜。ここどこなのよぉ〜！　も〜っ、ルヴルフ！　あんたの鼻を信じた私がバカだった！」

私たちは今……遭難していた。すっかり日が暮れた森の中を三人して彷徨っている。カラスが不気味に鳴いて、アイシャちゃんがびくっと涙目になっている。キッカケはこうである。


(当時の回想)

「くんくん。何やら良い匂いがせぬか」

私たちは道なき道をかきわけ……ってほどではないけど、ぎりぎり道と呼べるかな、呼べないかな？　ぐらいの細い獣道を歩いていた。モグ竜はモグラ形態……じゃなかった、竜形態になり、アイシャちゃんを背中に乗せている。

「良い匂い〜？　えぇ〜。しないけどぉ？」

「モグちゃん。お鼻が効くの？」

アイシャちゃんがルヴルフを撫でながら聞く。

「シュナ殿からもアイシャ殿に言ってくれぬか。われの名前を憶えてほしいのじゃが……」

「いいじゃん、モグちゃん。似合ってるじゃん」

「わっ、われは気高き竜じゃぞっ？　モグラなどではないのだと、どう言ったら分かってもらえるものか……ぬぅう……」

「モグちゃん、かわいい」

アイシャちゃんがモグ竜の背中に抱き着く。役得じゃん、あいつ。モグラ扱いがなんだってんだ。

「ぬ！　こっちじゃ！　こっちから、良い匂いがぷ～んと」

「えぇ～？　全然しないけど」

私、これでも〈万能拡張感覚〉を持ってるんだけど。良い匂いなんて全然しないぞ？　と、私が思っている間に、モグ竜はどんどん森の中へ分け入っていく。

「ちょ、そっち道ないよ!?」

「大丈夫じゃ！　われの鼻を信じよっ」

「こらぁ～！　アイシャちゃんを連れて行くなって！」

「大丈夫じゃ～！」

(回想終わり)

そんなこんなで、今に至る。アイシャちゃんはモグ竜の背中でクゥクゥと寝息を立てていた。

あー、最悪。

「もう、ルヴルフ！　ひと晩さまよわせてくれちゃって。どういうつもりよ」

「おかしいのぅ……匂いは強くなっておるのじゃが……」

「匂いなんて……確かに、さっきから何か臭いけど……。あっ、もしかしてルヴルフが言ってるのってこの匂い?!　全然良い匂いじゃないじゃん！　どうりで分かんなかったわけだよ！」

　この匂いには随分前から気づいていたが、お世辞にも良い匂いとは言えない。もっとも、〈万能拡張感覚〉を持つ私よりもさらに遠くから、ルヴルフはこの匂いに気づいていたわけで。鼻が効くというのは、確かに本当のようだ。

「む。そうか？　われにとっては大変かぐわしい匂いなのじゃが」

「ちょっと〜。こんな変な匂いにつられて、私たちは道を外れちゃったわけ」

「す、すまぬ。シュナ殿。人間のことはとんと分からぬゆえ……」

　すると、アイシャちゃんが目をこしこししながら起き上がった
「シュナちゃん。モグちゃんを怒らないであげて。可哀相だよ」

「んーーーー！　もーっ」

　怒ってはいないけど、いい加減ちょっと休みたい。ただ、この辺り、キャンプに適した広い場所もないしなぁ……。またいつかみたいに〈領域作成〉で空間を作る？　でも、あの空間、寝るには不向きなんだよね。

「むっ、シュナ殿！　あれを見よっ！」

と、鼻をひすひすさせていたルヴルフが勢いよく顔を上げた。

「えっ？」

「あそこじゃあそこ！　煙が上がっておる！　……よく見れば明かりも灯っておるではないか。人がおるに相違あるまいっ」

「あー、ほんとだ。よく気づいたね」

またしてもルヴルフのほうが先に煙に気づいた。こうして考えると、〈万能拡張感覚〉があろうと、気づけるか気づけないかは別の問題なんだなぁと思う。注意力っていうの？　残念ながら〈注意力強化〉なんて能力はブロンズソードにもない。

「じゃ、あそこに行ってみよっか。……アイシャちゃんおいで」

ルヴルフの背中にいるアイシャちゃんに向かって両腕を広げる。ちょっとふらつきながらも、アイシャちゃんは私の腕の中に収まった。んー。アイシャちゃんの髪の毛、いー匂い。つい、くんくんしてしまう。眠そうなアイシャちゃんは、むーってしている。むーって。

「よいせっ」

かけ声とともに、ルヴルフがモグ竜形態から、美少女形態に変化した。何度見ても、同じ存在だとは思えない。服はどこかから現れるのが、また不思議だ。

「いつ見てもすごいね、その変身」

「当然じゃろう。というより、そもそも厳密には変身ではないのじゃ」

「へ?」

ルヴルフが偉そうに胸をそらし、答える。

「そもそも、この姿はもう一つのわれ自身なのじゃ」

「もう一つのルヴルフ自身?」

「そう。われら竜のご先祖様は、人間を助ける代わりに、人間から、その姿をもらったのだと伝えられておる。われらのご先祖様は個体数も少なく、永遠とも思える寿命を持ち、何者にも傷つけられぬ堅牢な体を持っておった」

「ふんふん」

「死の危険もなく、さりとて、生きる喜びもない一生のなかで、ご先祖様はそなたら人間と出会った。人間たちは、その体小さきがゆえ、その命短きがゆえに、一生を精一杯に生きておった。生きる目的、というものを、ご先祖様は人間たちから教わったのじゃな。ご先祖様はある一人の青年を助け、戦った。彼が寿命尽き死んだ際には、彼を喰らい……そして、その姿を得たのじゃ」

「へぇ~!　面白い」

「じゃろう?　竜と人との、絆の物語じゃ」

「つまり、竜はずっと自堕落な生活を送っていたけど、ある日めちゃくちゃ影響を受けちゃうような人が現れて、その人の真似をするようになったって、そういうこと?」

ルヴルフがよろめいた。

「ぐっ！　大意としては間違ってはおらぬが……。もう少し、言い方なんとかならんか？　もうちょっとこう、感動的な話じゃったと思うんじゃが」

「じゃ、ルヴルフにとってその姿はいわばヨソ行きのちゃんとした格好だ」

「……ま、そのようなものじゃ。ご先祖様の後に産まれた竜はみな、人間の姿を持って産まれてくるのじゃ」

なるほどなぁ。鼻を隠すのに「気合」って言っていた意味がよく分かった。あれはちゃんとした格好をするのに、ちょっと気合入れてたんだ。

＊　＊　＊　＊　＊

「へぇ～。こんなところに露天温泉があったんだねぇ」

「うむ。良い香りじゃ。これよ、これ」

「ルヴルフはこの香りを嗅ぎつけていたのね」

明かりがついているけど、誰かいるのかな。せっかくだから、ちょっとお邪魔していこうか。

「あ、よく見れば看板があるね。入湯料、一人銀貨一枚だって。この先に山小屋もあるってさ」

「露天温泉……？　シュナちゃん、私、入ったことない」

「あったかいよぉ～。一緒に入ろ。アイシャちゃんの分も、入湯料は払っとくからさ」

私はちゃりんちゃりんと銀貨を三枚、会計用の木箱に放り込んだ。アイシャちゃんがぐずる。

「でも、知らない人の前で裸になるの……」

「大丈夫だって。こんな奥まったとこ、私たちぐらいしかいないよ」

「うぅ～」

と、入り口のところでわいわいやっていたら、

「誰かいるのか？」

中から女の人の澄んだ声が聞こえた。

「すいませ～ん。騒がしくして。今からお邪魔しても、大丈夫ですか？」

「良い。もともと、この温泉は私だけのものというわけでもない。皆に開かれた温泉だ。ゆるりとして行かれるが良い」

「じゃ、お言葉に甘えて……」

そそくさと服を脱いで、むずがるアイシャちゃんの背中を押しながら、そろりとお風呂場に足を踏み入れた。そして――、

その先で私は見た。

この世の真理がつまっているであろう球体を。熱いお湯で上気しながら、ぷかぷかと浮いている

二つの巨大なパン種を。お顔も絶世の美女なのだがそれすらその双丘の前には霞んでしまう。ある種暴力的ともいえる、

おっ

+017　シュナ、真理より帰還す

ぱいー

「はっ」

「お、目が覚めたようじゃぞ！」

目が覚めると、辺りはすっかり明るくなっており、私はルヴルフとアイシャちゃんに心配そうに見つめられていた。

「え……もしや、私……」

「うむ、急に鼻血を出してぶっ倒れよってな」

「だいじょうぶ？」

「じゃ、じゃあ、まさか……私……」

な、な、な、なんてことなの〜っ！　まさか、乳の圧に負けて倒れるだなんて！　一介の女子として、それはちょっとどうなのよ⁉　確かにすごかったけども。やばかったけども！　と思っていたら、そのヤバイ級のブツをお持ちの方も私を覗き込んでいた。

「大丈夫か？」

「ひゃっ！」

「む。まだ、どこか悪いのか？」

「い、いいえ。違くて。……ええと、私、どのくらい寝てました？」

「なに、大したことはない。さっきまでは暗かったのが、だいぶ明るくなっていてビックリしただろうが。単に、朝陽が昇り始めただけのこと」

そう言って美人のお姉さんが指差す方を見ると、確かに、ちょうど朝陽が昇る頃だった。

「ご迷惑をおかけしました」

「よい。無事で何よりだ。それより、少し体が冷えてしまった。そろそろ出る予定だったが、もう少し浸かっていくとしよう」

「あの、ごめんなさい。私、クリシュナって言います。パディナ村から来たクリシュナ。冒険者をやっています」

「ルヴルフじゃ」

「アイシャ……です……」

三人ともお辞儀をして挨拶した。すると、キツめの顔が嘘のように、美人は朗らかに笑った。そのお顔がまた……私が男だったら、心臓が止まってしまうぐらいで。

「私は……フェンレッタと申す」

こんな笑顔に会えるなら、モグ竜にひと晩歩かされたのも吹っ飛んじゃうね。

いやぁ。

至福。至福だ。

朝っぱらから露天温泉に浸かれるなんて、これ以上の贅沢があろうか。竜にとっても同じみたいで、ルヴルフがため息を漏らしている。

「はぁ〜。極楽じゃのう」

「あれっ、ルヴルフ。こんなところにおっぱいがもう一つあるよ？」

メインのほうは、手のひらに収まるサイズ。だけど、同じようなのがさらに脇の下にもう一組ある。ちっちゃーいけど、ぷくっと膨らんでいる。

「ほぁ？　そりゃあ、あるじゃろう。そなたはないのか？」

ないよ、んなもん。私はお湯をバシャバシャやりながら、ルヴルフの脇の下に手を入れる。

「やめいっ、こらぁ」

「人間ではあまり見ないなぁ。ある人もいるのかも知れないけど。ん、あれ？　ルヴルフってどうやって産まれたの？」

「ふわっ？　そ、そりゃ当然、卵からに決まっておろう。さ、触るのをやめよ」

「え〜！　不思議。じゃ、やっぱり、地竜って卵生なんだよね？　それなのに、おっぱいがあるの？　あ、それとも、人間の姿をもらったときについてきただけで、お乳は出ないのかな」

「っひ、う！　そこは……。んんっ、っち、乳は出る。われらはみな、母の乳で育つからのぅ。ひゃっ、ひゃめっ」

やっぱり不思議だ。卵生なのに、母乳で育つなんて。その辺り、竜だからか、他の生き物とはまた違うのかなぁ。どうにも気になって、ルヴルフの乳首を撫でまわしていたら、ルヴルフの声の調子が段々おかしくなってきた。

「んっ……。んっ、んっ、んあっ、んふぁっ」

「人の姿だからかも知れないけど、お乳が出るようには、やっぱり思えないんだよなぁ。乳首も小っちゃくて、小麦の粒みたいだし」

「はぅっ、あっ、あっ、あっ、やめっ、あっ」

とか言いつつ、こりこり。なんてやってたら――――、
ぽんっ！　と音でも鳴りそうな勢いで、モグ竜の鼻が飛び出した。

「……ぅ、う、ぷゎはははは！」

こらえきれず、笑っちゃった。

「んあっ……ふゎ？」

「ルヴルフ、鼻！　出てる、鼻！　あはははは」

「ぁ……あっ……」

ルヴルフの顔がみるみる真っ赤になっていく。

「ぉ、おのれ……！　おのれ！　シュナ殿とて許せぬ！　このぉ～！」

「あははは。ごめん、ごめんって！」

涙目のルヴルフがポカポカ殴ってきた。

あはは。今のは私が悪い！　ごめん、ごめんよ、ルヴルフ！　あははは。

「あ、あの……フェンレッタ……さん？」

「どうしたのかな？　お嬢さん」

私とルヴルフがじゃれあっていると、アイシャちゃんがフェンレッタさんのほうに近づいて行った。アイシャちゃん、くっ、と唇を引き締めた。何か重要なことを、聞こうと……。

「あの……、その」

もじもじしながら、一歩踏み出す。そして……

「いいよ。ゆっくりでいいから、言ってみなさい」

「そのっ！　どうしたら、そんなに大きくなれますか?!」

ああ～っ!?

なんだそれ、なんだそれ！　私、そんなこと聞かれたことないんだけど!?

「ふむ、小さいのを、気に病んでいるのか？」

くく、悔しい～っ！　私だってロロナッドにいた間はいつも一緒にお風呂に入ってたのに！　そりゃ、戦力差は歴然だよ⁈　でも、私だって多少は……。そういうのは、まず私に聞くべきじゃないかなぁ？　なんか、女として負けた気分だ。

「人それぞれ、器というものがある。私と同じようにして、同じように育つとは言えないが……よく食べ、よく遊び、よく学び、よく寝なさい。冒険者とは不安定な職業だとは思うが、ご飯は、ちゃんと食べさせてもらっているかね」

「うん。シュナちゃん優秀なのよ」

「それは重畳(ちょうじょう)」

人にはそれぞれ器がある、かぁ……。私の器は、ここまで、ってことなのかなぁ。

いやでも、私だってまだ十六歳だし！　まだここから膨らむ可能性だって。がんばれ、膨らんでくれ、私のパン種……！

「彼女の役に立ちたいのか？」

「うん。早く大きくなって、一緒に冒険に行きたいの」

「なら、風呂から上がったら、少し剣を見てやろう。むろん、剣ではなく魔法で戦うという選択肢もあるが、剣を覚えておいて損はあるまい。魔法が尽きたときに身を護る術となる」

「ありがとうございますわ。シュナちゃんったら、全然教えてくれないのよ」

「保護者殿はあなたを危険な目に遭わせたくないのであろう」

って、あれ、もしかして。大きくなりたいって、身長的なこと？　確かに、フェンレッタさんは身長も高いもんな。

あ、なんか、バカな勘違いしちゃって、ちょっと恥ずかしい。へへ。私もフェンレッタさんのもとへ、つつつと泳いでいく。

「あの、私からも質問してもいいですか？」

「構わないが」

「肩、凝りませんか？」

「は？」

フェンレッタさんはちょっと面食らったような顔をした。

「こんなに大きいと、色々不便じゃないですか？」

「あ、あぁ。……いや、クリシュナ殿は冒険者であったな。私も、実は戦闘を生業とする職業なのだが、確かに邪魔なことは多い。いっそ、切り取って捨ててしまいたいと思うことさえある」

「え！」

それを捨てるなんて、とんでもない！

「だから、この温泉は私にとって至福の時だ。日頃の重荷から解放される」

確かに。その重荷とやらは今ぷかぷか気ままに浮かんでいらっしゃる。

「ちょっと持ってみていいですか？」

「はっ?!　……あ、あぁ、構わないが」

「ふぉおぉおぉ……！　このずしっとくる重み。確かに、これをぶらさげたまま戦うなんて、大変だ。指が……指がどこまでも沈んでいく……！」

「や、た、確かに。戦う際はサラシで充分に潰し、その上でプレートアーマーを着こんでいる」

「うへぇ。それは窮屈そう」

と話しつつも、ふよふよ。いつまでも触っていられるな、これ。

「あっ、んぅ。もう少し、優しく……」

「プレートアーマーってことは、もしかしてフェンレッタさん、騎士様なんですか？」

プレートアーマーなんて着るのは、基本は騎士様だけだ。あんな高いもん、冒険者で着ているやつなんて、そんなに見かけない。

「んっ！　あ……あぁ。王都にて、魔戦将軍を拝命している。……実は今日、私と同じ悩みを持つ同僚を、鼓舞する意味も込め、ここに呼んであるのだが。まだ着かぬようだ」

へぇ～。魔戦将軍かぁ。って、エリート中のエリートじゃん！　っていうか、最近、どっかで聞いた気がするんだけど……。

と、その時、風呂場の入り口に新たに小柄な影が見えた。そのサイズ感、つい最近までよく見ていたような。

「え、が、ガラダさん？」

ぽよぽよっとしたシルエットの持ち主は、ドワーフの受付嬢ガラダさんだった。

でも、あれ、なんで？　ロロナッドの町にいるはずなのに。

「あれ～っ、あんたたちも来てたんだ？　いいわよね、ここの温泉」

ガラダさん、子供みたいに見えるけど、十六歳。私とタメだ。ちなみに、ちょっとふくよかなお子様みたいな体つき。あるんだか、ないんだか……ないんだか……ってぐらいかな？　これは、私の勝ちと見ていいでしょう。

「あ、そういえばね。さっきそこで、すごい人に会ってね。私、たまたま王都でお見掛けしたことがあって、声かけちゃったのよね～」

ガラダさんが嬉しそうな声を出す。その後ろから、長身の女性が風呂場に入って来た。その人は……もちろん、私も見たことがある。私が剣を折っちゃったあの……

「お、おぉ。着いたか」

フェンレッタさんが新たな人影――ヴァレンシアさんに声をかける。私はアイシャちゃんを掴まえて、岩の陰に飛び込んだ！

+018 シュナ、くんずほぐれつ

「ようやく来たか、同輩」

「そちらこそ。日課の朝の訓練はどうした。少し先の山小屋に行ったらいなかったから、こっちに顔を出したが……ずいぶんと長風呂なことだ」

ひえぇぇ……。私は今、岩を背に隠れているけど、その向こう側にはあのヴァレンシアさんが来てるっ！　あれ、絶対怒ってるよね？　そりゃ当然だよぉ〜。だってあの、黎明剣アルマレヴナを折っちゃったんだもん……。ちらっ、と岩陰から振り返る。やっぱり、先日お会いしたヴァレンシアさんだ。

つーかね、つーか。ヴァレンシアさんも、デカーーーーっ！

デカい。縦にもデカかったけど、前にもデカい。以前会ったときは鎧の奥に封印されていた乳圧が、今は余すことなく解放されている。フェンレッタさんが『同じ悩みを抱える仲間』って言ってたのはこれのことか。

「なんでもね、こちらの騎士様は、自分の剣を折ったという不届きな少年を探してここまで来たんですって。……あれ、クリシュナさん？」

わっ、ガラダさん、私の名前言っちゃったよ！

「あまりその話はしないでくれるか。噂を聞きつけた少年が逃げてしまうかも知れぬのでな」

でも、あれ？　ヴァレンシアさん反応しないぞ。……あっ、そっか！　私の名前はまだバレてないんだった！　アイシャちゃんの名前を出さなければ、何とかなる……？

「んふぅ」

「ひゃわっ」

なんて思ってたら、一緒に岩陰に飛び込んだアイシャちゃんの吐息が耳にかかって、変な声が出てしまった。

「何をやっとるのじゃ、あやつら……？」

「どなたか、そこにいるのか？」

ヴァレンシアさんが立ち上がって尋ねた。誰もいません！　気のせいですってば！　だからこっち来ないで……っ！

「シュ……ナちゃ……」

しなだれかかったアイシャちゃんの腕がきつく締まる。耳元に熱い吐息を感じるたびに、ぞわぞわっと変な感じがして、胸がきゅーんと痛む。

「ちょ、アイシャちゃ……今は……」

「ん……シュナちゃ……」

大きな目がぽーっと潤んでいる。耳まで真っ赤に染まって、熱に浮かされたように私に回した腕に力がこもる。凹凸のないアイシャちゃんの胸が、私の胸の先端をこする。ど、どうしちゃったのよ、アイシャちゃん。

「む。そういえば、確かにクリシュナさんの姿が見当たらぬな」

「フェンレッタ、そのクリシュナさんという方はどういった方なのだ？」

「冒険者をしておられるようでな。なかなか腕が立つらしい。そちらにいるルヴルフ殿の連れだ」

なぜかガラダさんが自慢するように言った。

「そうよ。クリシュナとリリは、ロロナッドじゃ有名な冒険者だったのよ。狩り場を探りに来た暴漢も、何度か追い返しているぐらい！」

と、フェンレッタさんが怪訝そうに問い返す。

「リリ？　いや、確か彼女はアイ……」

「んんんんっ！　んっ！」

慌てて咳払いして言葉をさえぎった。

アイシャちゃん、今日は夜通し歩き詰めだったせいか（ほとんどモグ竜の背中でウトウトしてただけだけど）フェンレッタさんに偽名を名乗るの忘れてる！　ま～ず～い～！　これはまずい。

「咳こんでいるようだが、やはり先ほど倒れたのは具合が悪かったからか？　無理は良くない。早くあがりなさい」

「んっ！　い、いや、大丈夫ですだわ！」

なんだよ、ですだわって。焦っておかしな言葉遣いになっている。落ち着け、落ち着け……。

「んっ、ふぅ……」

「ひぃゃんっ」

また、耳元でアイシャちゃんの熱っぽい吐息。い、今はやめて、アイシャちゃん。夜でなら、私は別に……いくらでも抱きまくらに……　って！　も、もしかしてアイシャちゃん……のぼせちゃったの!?　どどど、どうしよう、どうしよう。

一人で焦っていると、にゅっと頭上に黒く丸い影が落ちた。ヴァレンシアさんだ！

み、見つかった!?

「あ、あの、えと、こないだは、その……」

「そちらの子供」

「えっ？」

「のぼせているのか？　……どれ、私が運んでやろう」

え、あれ？　気づいて、ない……？

「ところで、こないだとは？　お嬢さん、私は以前もあなたにお会いしたことがあっただろうか」

「あっ、いや、剣を……」

「剣？　……あぁ、ガラダさんの話を聞いていたのだな。お嬢さん、もし、お嬢さんぐらいの長さの髪で、目つきの悪い少年を見かけたら、教えてはくれないか。一見すると普通のブロンズソードのように見える剣を持っているのだが、あれは呆れた傑物でな。うかつに近寄ったりしてはいけない。見つけたら、最寄りの兵士詰め所で、ヴァレンシア宛てに言付けをしてくれると助かる」

「え、えと、はい……？」

あ、あれ？　なんで？　何で気づかないの？

「ち、ちなみにその犯人って、私に似ていたりします？」

「いや、お嬢さんとは似ても似つかぬ。全身血まみれで、目つきの鋭い極悪な少年でな。幼い子を誘拐し、欲望のはけ口に……。おのれ、あやつめ！　次に会ったら、今度こそ罪の報いを受けさせてやる……！」

目つき……少年……もしかして、ヴァレンシアさん私のことまだ少年だと思ってるの?!

ここは女湯だから、いるはずないって思ってるのか！　それに、そういえば。ヴァレンシアさんが兜の細いスリットからじゃなく、直接、私の顔を見たのは盗賊の親分を斬り伏せてからだ。あの時の私、全身血まみれでひどいかっこだったもんな。

でも、アイシャちゃんは……？　確か、ずっと茂みの中に隠れていたんだっけ。茂みから出てきてすぐに、ヴァレンシアさんに勘違いされて逃げ出したから、顔をしっかり見てないいんだ！

とにかく、気づいてないようなら、それに賭けるしかないっ！　私はヴァレンシアさんの腕の中から、アイシャちゃんを取り返した。

「あ、あの！　運んで下さらなくて結構です！　私たちで、山小屋に運びますから！」

「む、そうか？」

「せっかくのご休暇でしょうし、邪魔しちゃったら悪いので。……ルヴルフ、もう行くよ！」

「ぬぅ、われはまだ……」

「いいから！」

慌てて脱衣所に飛び出し、ルヴルフを問い詰める。

「ルヴルフ、あんた女っぽいひらひらした服着てたよね？　あれ、人間の姿になると同時に出てきたけど、どういう原理？　魔法か何かで出したとか、実は存在していない幻みたいなもの……なんてことはないよね？」

「むぅ。もう少し、浸かっていたかったのに」

「いいから、答えて！」

「あれは〈自動装備〉の魔法が懸かった魔法の衣を〈次元収納〉から出したのじゃっ。地竜くらいともなると、〈次元収納〉は当たり前に持っておるからのぅっ」

「じゃ、物質ってことね？　現に存在している服なら、私が借りても平気？」

「ま、まぁ。貸すのは構わんが……一体どうしたのじゃ？」

「説明は後でするから。今だけ、服を交換して！　着替えたら、さっさと逃げるよ！」

私たちは大急ぎで着替え、アイシャちゃんの眼鏡も〈次元収納〉の中に隠した。それから、風呂場にいる三人に声をかける。

「そ、それじゃ！　またどこかでお会いできましたら……！」

フェンレッタさんが残念そうに言う。

「む、そうか。アイ……ではなかった、リリ殿には剣の稽古をつけてやると約束したのだがな。反故にしてしまうことになって残念だが……」

「いえいえ。残念ですけど、そろそろ出ないと馬車の時間に遅れますので」

「そういったことなら仕方あるまい。またどこかで会うことがあれば。それまで、達者でな」

ヴァレンシアさんも風呂から声をあげる。

「クリシュナ殿。もし、目つきの悪いブロンズソードの少年を見かけたら、決して近寄ってはならぬぞ」

「あんたたち。またロロナッドに来なさいよ」

ガラダさんも優しく声をかけてくれた。基本、冒険者は一期一会だ。昨日までの友が明日また会えるとは誰にも分からない。ちょっと切ないが、仕方のないことでもある。

「では！　またいつか、どこかで！」

そう言って私たちはしばらくアイシャちゃんを抱えて走り、露天温泉から見えないぐらいに離れたところで、モグ竜形態のルヴルフにまたがって、全速力で逃げ出した。ふぅ、何とか危機は脱したぜ。もっとも。この時の六人が再び同じ町に集結しようとは、この時の私には知る由もなかったのである……。

+019　シュナ、と竜の騎士

ヴァレンシアさんたちと別れ、パララクシア辺境の森で、私たちは野宿していた。ルヴルフにモグ竜形態でまくらになってもらって、アイシャちゃんと一緒の毛布で眠る。寝ている間はミラに警戒してもらっておけば、襲われる心配もない。

と、三人仲良く眠りに就いて、しばらくした頃だ。ミラが警告を発した。

『能力〈探査〉より警告。複数名の武器を持った集団が接近中』

「んん……なにぃ～？　せっかく寝入ったところだったのに」

「起きたか、シュナ殿」

モグ竜はすでに目を覚ましていたようだ。さすが野生だけあって危険には敏感だ。

「私たちを追って来てるの？」

「いや……そうではないじゃろう。じゃが、この場にいたら不幸な遭遇戦は避けられぬかもしれんのじゃっ」

「盗賊？」

「どうじゃろう。鎖のこすれる音がするから、奴隷売買でもしておるのかのぅ」

「ほんとだ、聞こえる。よく分かるね、さすがモグ竜」

「ふふん。……モグは余計じゃ」

さて、どうしたもんか。モグ竜に竜の姿で出て行ってもらえば、避けて通ってくれないかな。でも、デカいし強いけど、見た目が可愛らしいのが問題だ。逆に狩って名を上げようと、襲い掛かってくる可能性もある。

以前、霊珠と〈領域作成〉で作った空間に逃げ込んでもいいけど、仮に盗賊だとしたら、〈盗賊の嗅覚〉なんてスキルを持っていることがある。そんな奴らの前に霊珠なんてお宝を置いておいたら、無事じゃすまないだろうし。

それに……この時間の道なき道を、鎖の音から察するに十人以上もの奴隷を引き連れて歩いているのが気になる。だって、絶対効率悪いもん。正規のルートで購入した奴隷なら、昼間街道を歩かせた方が早い。っつーか、商品なんだから馬車に乗せろよ。

「ミラ。鎖に繋がれているものの人数と、そうでないものの人数は？」

『解。鎖に繋がれたものは二十三名。そうでないもの、七名です』

「大規模だね。確か、気配を消す魔法ってあったよね」

『解。コマンドワードは、イレース・オール・トレースです』

「おけ。ちょっとショベルやって」

『は？　……わ、ちょ。私をショベル扱いするとはなにご……わっ』

私は大急ぎで霊珠を隠す穴を掘り、〈領域作成〉する。それから、コマンドワード。

「イレース・オール・トレース」

これで、霊珠の気配が消えたはず。たかが盗賊ごときのスキルじゃ、そうそう見つからないだろう。何とか隠れられて一安心……と思っていたら、武装集団は私たちのいる霊珠の埋めてある広場で、野宿の支度を始めてしまった。

「おい、ここら辺でいいんじゃねぇか？」

「……いや、ダメだ。もう少し先じゃねぇと」

男たちの声が聞こえる。マズったなぁ。これはひと晩、外に出られないかもな。〈領域作成〉で作った空間は何にもない真っ白な空間で、気が狂いそうになるんだよな。ちょこちょこ家具でも足していこうかな？　なんて思ってたら、凛とした年かさの女性の声がした。

「私たちを解放なさい。あなたたちのしていることは神に対する背信ですよ」

喋り方からして、老シスターかな？　解放……ってことは、囚われてるの？

老シスターの話すパラ語は、どこかで聞いたことのある北部の訛（なま）りだった。これから向かおうとしている地域独特のアクセントのはずだ。……っていうか、私はなんで北部訛りなんて知ってるんだろう？　う〜ん、どこかで聞いたんだったかな。

「悪いが、そういうわけにもいかねぇ。あんたらの命はギリネイラ様が有効に使ってくださる。大人しくイケニエになってくれ」

「お、おい！　名前を出すんじゃねぇよ」

「いいだろうが。どうせ、誰も聞いてねぇ」

ま、ここで聞いてるんですけど。ギリネイラ？　生贄？　不穏な空気がぷんぷんだな。

「わたくしはどうなっても構いません。しかし、彼女たちだけは助けてはいただけませんか。彼女たちはみな、神の敬虔なるしもべです」

「そういうわけにもいかねぇ。まぁここで、穢してやってもいいがなぁ。そうすりゃ、使い道がなくなって、生贄にはされねぇかもしれねぇぜ」

「おい、やめろ。バカな考えを起こすな」

「でもよぉ、お前だって思うだろ？　一人ぐらい褒美にもらったって罰はあたらねぇさ」

はい。これは救出案件ですね。どうやら男たちはシスターたちを攫って、どこかへ連れて行く途中らしい。いざ、飛び出そう……と思ったら、ミラに止められた。

『警告。彼女たちの数名が〈不惑〉の効果を持つアクセサリーを持っています』

「えっ、また？　割と珍しい装備品だったんじゃなかったっけ？　……ということはそれだけ高位のシスターたち？」

目的が今いち分からん。そんなシスターたちを攫ってどうするつもりなのか。

「ま、いいや。すぐにでも助けないと、男のほうはもう興奮しているみたいだし。ミラ、こないだ馬車駅で買った仮面と、服一式を出して」

『承知しました』

そうこう話している間にも、さっきの男はどんどんタガが外れたようになっていく。

「な、なぁ。いいだろ。最近は仕事続きでたまってんだよ。一人！　一人だけでいいんだ！」

「ケダモノが」

「あぁ!?　婆さんはすっこんでろ！」

男が老シスターの頬をはたく音。

「よし、決めた……決めたぜ。あの女にする。誰にも止められやしねぇぞ」

あ～、まずい。装備に時間かかってる。待って、あとちょっと。

「よし！　着替えた！　モグ竜、行くよ！　3、2、1……！」

「お、おら！　顔を上げろ！　こっちを見ろ！　俺の口を吸うんだ。ほれ、嫌そうにするんじゃねぇよ。すぐ、気持ちよくしてやっから……」

「そこまでだっ！」

私はルヴルフと一緒に、〈領域〉から飛び出した。

「アンロック・オール！　逃げなさい、お嬢さんたち！」

コマンドワードを叫び、シスターたちの拘束を解く。だが、せっかく解いたのに、誰もその場を動こうとしない。

「な、なんだ、てめぇは!?」

「ふっはぁ！　我が名は……えーっと、うーんと、クリシュ……クリュ……クリス……我が名はクリスティン！　クリスティン・ファロード！　竜の騎士だ！」

全員の視線が私に集中した。

決まった……。ちょっと、決まったんじゃない？　若いシスターなんか、見とれてるし。

仮面をかぶり、竜にまたがった騎士が突然現れたのだ。まるでおとぎ話のような演出でしょ。

ちなみに、ファロードというのは騎士階級以上の男子につく。女子の場合はフラウ。家名を隠す場合は、ファロードやフラウで止めることが多い。これでみんな私のことを、世を忍ぶさすらいの竜の騎士だと思ったはず。

と、誰からともなく、呟く声がした。

「モグ……ラ？」

「ちゃうわい、ボケェ～！」

ルヴルフが火を噴いた。

う～ん、やっぱり、竜の騎士は無理があるね！　哀れな男たちは、怒れるルヴルフに踏み潰されてしまった。

+020　シュナ、女装する

「さっきの私、ちょっとカッコよかったんだって」

「シュナちゃんまたその話？　もう三度目だよ」

「でもさぁ」

興奮冷めやらぬ私はモグ竜の背に乗って移動しながら、ついアイシャちゃんに語ってしまう。

「我が名は竜の騎士、クリスティン・ファロード！　いやぁ、決まったなぁ。竜がモグ竜だったのだけがマイナスだけど。家名も決めておくべきだったかな。クリスティン・ファロード・パディナ！　うーん、家名の代わりに村の名前を出すと、途端にかっこ悪くなるな。ないない」

「おいっ！　マイナスとはなんじゃっ、マイナスとはっ！　われは誇り高き地竜じゃぞっ！　最高の配役ではないか！」

「でもさぁ。モグ竜って飛べないの？　竜の騎士っていうぐらいだから、飛びたいんだけど」

「ぐぬっ。われはまだ仔竜であるゆえ、無理じゃ。お父上の飛翔などはそれは勇猛じゃが……」

へぇ。モグ竜ってまだ子供だったんだね。モグラみたいな見た目なのに飛べるなんて、なんか不思議。翼とか、これから生えてくるのかな。

「この男物の服も、買っておいて良かった。イワカゲスライム狩りでもらった稼ぎをだいぶ使っちゃったけど。掘り出し物だったよねぇ」

私は今、舞踏会用の男物の服を着ている。馬車駅に立ち寄っていた商人から無理を言って購入したものだ。結構、出物だと思っていたら、アイシャちゃんからツッコミが入った。

「シュナちゃん？　言いにくいんだけど、貴族はそれよりもっといいものを着てるわよ。もし、本物の貴族が見たら、騎士だとは思わないかも」

「え!?　これより上!?　わぁ、さすがにこれ以上は手が出ないや……」

私にとっては一世一代の買い物だったのに、貴族はこれを遥かに上回る服を着てるなんて、どんな生活をしてるんだ。まぁ、シスターたちと盗賊は騙せたのでよしとするけど。

「それにしても、あのシスターたちは一体なんで狙われていたんだろう。あの盗賊たち、ふん縛って最寄りの町に置き去りにしてきたから、そろそろ門衛に捕まってる頃だろうけど」

「そのシスターさんたち、北部訛りのパラシア語を使っていたって、ほんと？」

「そうそう。アイシャちゃん心当たりある？」

「ううん。ただ、北側の隣国にあたるソリロークの貴族や神職は、ソリローク語じゃなくて北部訛りのパララクシア語を使うって聞いたことがあるのよ。あっちの国教は、元々こっちの教会から宗派争いで負けて追い出された一派が広めたものだからね。そのシスターたちももしかしたら、パララクシア人じゃなくて、ソリローク人の可能性もあるかなって」

「確か、ギリネイラとか言っておったのう」

「ギリネイラ？」

と、モグ竜の言葉にアイシャちゃんが反応した。

「知ってるの？　アイシャちゃん」

「……知らない」

うっそだー。今のはどう考えても知ってる反応だけど？

「そっ、それより！　これからどうするの？　シュナちゃん？」

アイシャちゃんが、強引に話題をそらす。まぁ、言いたくないようなら、無理に聞きだしたりはしないけどね。誰にだって、言いたくないことの一つや二つはある。

「そうだね～。盗賊の一味をファラシオに突き出したから、もうあの町には行きたくないよね。ここから近くの町となると、アルギルかな？　アルギルって何かあったっけ」

「……もう少し先に、カーロッサがあるけど」

「あぁ～。いいねぇ、カーロッサ。一度行ってみたかったんだよね。カーロッサの特産って綿マリモでしょ。ぷかぷか浮くやつ。白い雪みたいな綿マリモがその辺りをふわふわ舞っているの、見てみたくて。スコンプで、木箱に入ったお土産を自慢されたことがあるんだよね」

きっと、幻想的な光景なんだろうなぁ……なんて思っていたら、

「天然の綿マリモはもうエルフの森ぐらいにしかないらしいよ。カーロッサじゃ、普通の藻を丸め

て、中に〈浮遊〉つきの魔石を押し込んでるみたい」

「えぇ……知りたくなかった……」

アイシャちゃんの博識は時に夢を壊す。私は学びました。

「おいっ！　そこまでわれに乗っているつもりかっ!?　われだって休みたいんじゃぞっ！　竜の騎士の流れで、そのまま乗せてやっているが」

「えぇ～？　ルヴルフの走ってる姿、かっこいいんだけどなぁ～！　さっすが地竜だよねぇ。勇ましくて、それでいて華麗で！　ルヴルフのかっこいいとこ、もっと見たいなぁ～」

「ふ、ふんっ。わ、われがカッコいいのは事実じゃが……」

と、アイシャちゃんがモグ竜の首筋を撫でる。

「モグちゃん、騙されてるよ」

「あっ、アイシャちゃん！　何で言っちゃうかな～?!」

「むっ！　クリシュナ殿！　われを調子づかせて、もっと走らせるつもりじゃったな!?　なんたる卑劣な……！　もう騙されぬ！　さぁ、降りてもらおう！」

「ごめんって～！　ルヴルフ～せめて、次の馬車駅まででいいからぁ～」

「だ～めじゃ！　降りろっ、降りるんじゃぁっ」

んで。

「ねぇ、やっぱこれ、恥ずかしいよぉ〜……」

カーロッサに向かう、馬車の上である。私は今、アイシャちゃんに着せられた鎧に大絶賛文句を言っていた。だってこんなの……私のガラじゃない。

「だぁめ。ただでさえシュナちゃん、男の人と間違われる見た目なんだもん。そのぐらいの格好はしなきゃ。せっかく男装して正体を隠しても、素のままの姿を男だって思われたら、意味がないじゃない。ヴァレンシアさんに、男だって思われてたの覚えてる？」

「覚えてます……だけど、これはさすがにちょっと、露出多過ぎな気がするなぁ」

「シュナちゃんが男だって思われる原因の一つが、可愛さのかけらもない、いつもの革鎧なんだからね。せめて、おへそ出すぐらいしてアピールしないと！」

「こんな格好してる人いる？」

「いるいる。よく、ご本に出てくるもの」

どんな本を読んでるんだ、一体!?　アイシャちゃんの例の本の中身が気になってしまう。頼んだら、今度見せてもらえないかな。

「でも、せっかくの鎧なのに、これじゃ胸しか守れてないじゃん？」

「シュナちゃんブロンズソードに〈鉄壁〉がついてるから、本来、革レベルの防具なんていらないはずでしょ」

「そ、それはそうですが」

「シュナちゃんは、おっぱいがないんだからね！　今からおっぱいを増やせるならいいけど、無理でしょ。革鎧を着ていても目立つくらいなら、私だってそんな格好させないよ。おっぱいがない以上、おへそでアピールしないと！」

「ううう っ、そんなに何度も『おっぱいがない』を連呼しないでぇ」

わ、私だって、私だって！

まだ希望はある……！　はず。がんばれ、膨らんでくれ、私のパン種……！

「……おへそ出してるんだから、リボンはいらなくない？」

「似合ってるよ？」

「えぇ～。こんなリボンなんて……」

私はショートカットなので髪を結ぶ必要がそもそもない……んだけど、サイドのわりかし目立つ位置に、リボンをくりつけられてしまった。端切れで作った安物でも、何だかフラウになったみたい。

「へそ出しよりもリボンのほうが恥ずかしいのか？　何だか変な話じゃのぅっ」

うぅ、そうは言うけどさぁ。だってこんなの、ガラじゃない。

「うふふ……シュナちゃん、可愛い……」

と、アイシャちゃんが何かヤバげに笑っているのを横目で見ていたら、感じの悪い御者のおっさんが荒々しい声をあげた。

「おらっ、ここがカーロッサだ。さっさと降りてくんな！」

そうして私たちは、寂れたカーロッサの門の前に放り出されたのだった。

+021　シュナ、と天空の町

カーロッサは崖の町だ。平原に突如現れる、天を突くばかりの断崖の山。その中ほどに、バルコニーにみたいに突き出した平野部がある。

「リマ王時代の詩人、プロントは、この町を『巨人の階段』と呼んだそうよ」

「なるほどのう。言い得て妙じゃな」

下から一段目に町があり、二段目は遥か高くにあって見えない。この崖、実は巨大な岩山の北半分を潰して平地にしたような形をしており、南側はごく普通の斜面になっている。

山の向こうには別の町があるが、そこへ行くにはかなりの遠回りが必要となる。カーロッサはまさに、王国の北側を守る天然の堤防だ。

私たちは、壁面を彫刻刀でえぐって造ったかのような、つづら折りのトンネルを登って町へと入った。で、町を見渡して、一言。

「なんか……寂れてるなぁ」

「そうじゃな」

「ご本を読んだ限りでは、もっと活気のある町だと思っていたけど」

「こんなに美しい景色を毎日見れるのに、何でこんな空気が重いんだろう？」

「まぁ、町を外から見ると絶景じゃが、町の中から見える景色は、見渡す限りの平野と空しかないからのうっ。確かに綺麗じゃけど、毎日だと飽きるのかも知れんなぁ」

「まぁ確かに……代り映えしないもんねぇ。あ、遠くに見える川が国境かな？」

門番が冒険者組合の登録証の提示を求めてくる。アイシャちゃんはロロナッドのダンジョンで狩りをする際、リリという名の冒険者見習いとして仮の登録証を発行してもらっていた。モグ竜はどうするのか……と思っていたら、自前の登録証を持っていた。

「ふふんっ。竜王国が発行しておる、人間の姿で暮らすための登録証じゃっ。各国のトップと話がついておるので、竜の正体を隠して人の町に入ることが出来るのじゃっ。代わりに、人の町で問題を起こしたら、竜王国の精鋭師団が身柄を確保しに来るから注意が必要じゃがなっ」

鼻を高くして……というか、元の鼻を出して胸を張るモグ竜。もしかして、モグ竜って竜国内じゃ結構、位が高かったのかな？　そんな登録証なんて、ぽんぽん発行してもらえるとも思えないんだけど。

「とりあえず、冒険者組合に行ってみようか。ファロード用の服で結構使っちゃったから、手持ちが心もとないんだよね。仕事仕事」

と、思ったんだけど……。町に入って少しもしないところで、数名の女性たちと兵士が揉めているのが見えた。

「ちょ、ちょっと私、止めてくる。二人は後から来て！」

「あっ、シュナちゃん！」

走りながら、私は大声で叫んだ。

「何してんのよ、あんたたち！　か弱い女の子に、大勢で寄ってたかって！」

「んだぁ、おめぇ？　関係ねぇだろ。すっこんでろ！」

と、お姉さんたち、私に気づいたみたい。近くで見ると、まぁ、美人さんたちだ。綺麗に着飾って、軍人相手にさぞ儲かるんだろうな。女を売る、『まぁ、マシ』なほうの仕事。私だって冒険者にならなかったら、その道を選んでいたかも知れない。

「いい男じゃない。あんたになら、抱かれてやってもいいわよ？」

ひぇ。こんな美人にそんなこと言われたら、その気は無くてもドキドキしちゃう。だけど、お姉さん。私、これでも女なんですけども。おかしいな？　恥ずかしいのを我慢しておへそも出してるし、リボンだってしてるんだが？

「おっ、おい！　お前は俺の相手をしろって言ってんだろ⁉　そんなチンケなガキのどこがいいんだ⁉」

お姉さんに無視された兵士の一人が叫んだ。ってか、お姉さんたちが襲われているのかと思っていたが、どうも様子が違う。

「ハ！　金がないのに、あんたらの相手なんてしてられっかい」

「そ、そうは言うがよ。頼むよ、また明日っからダンジョンに潜らなきゃなんねぇんだ。お前を抱いている時だけが、心の安らぎなんだ」

「なら、金持ってきなってさっきから言ってるだろう！」

「だ、だから、ねぇんだよ。俺だって無駄遣いしているわけじゃねぇ。ただ、ダンジョンから帰ったら教会で毒と傷の治療を受けなきゃならねぇし、武具の手入れだって金がかかる。ギリギリの分しかもらえてねぇんだ」

　すると、他の兵士たちも懇願した。

「なぁ、頼むよ。こいつ、明日から〝魔の第五層〟なんだ。あんなところに長くいたら気が狂っちまう。あそこの毒虫は蛇みてぇにデケェうえに、皮膚を食い破って体の中に入ってくるんだ。何十匹もな。毎月、あの虫に体を食い破られて死ぬやつが後を絶たねぇ。たとえ死ななくても、腹ん中を虫が這いずり回る恐怖で、汚物を垂れ流すだけの廃人になっちまうやつも多い。俺たちがかろうじて正気を保っていられるのは、あんたらのおかげなんだよ」

「だから、お涙頂戴を理由に抱かせろってか?! 話にならないね！ あんたら雁首揃えて一人分の金も用意できないのかい!? 諦めて、とっとと帰んな！ あたしゃこれから、この坊やとイイコトするんだからねぇ～」

　と、お姉さんが私にしなだれかかってきた。お腹のあたりをまさぐられ、太ももを煽情的に絡めてくる。その様子に、袖にされた兵士が激昂した。

「お、おめぇ！　裏切んのか⁉　あれだけいつも通ってやったのに！」

「ふん。いちいち、相手の顔なんざ覚えちゃいないよ！」

「て、てめえええっ！」

顔を真っ赤にして、兵士が殴りかかってくる。今の話を聞いていると、同情したくなってくるけど。お姉さんはさっと私の後ろに隠れてしまった。仕方がない。

「あの、ごめん。ボーリョクはよくないよ」

男の拳を躱し、ブロンズソードの柄を男のみぞおちに当てる。それだけで、男は昏倒した。

「ジェイク！」

「く、くそ！　覚えてやがれ！」

捨て台詞を吐いて、仲間を抱え逃げ去る男たち。その後ろ姿も、何だか哀れに見える。

「……すまなかったね、お嬢ちゃん」

「あ、気づいてくれてたんですね。良かった……てっきり、男だと思われてるのかと」

「いいじゃん、リボンなんてして。似合ってるよ」

「うひぃ。そ、そっすかね？　あ、ありがとうございます」

「あはは。なに照れてんのよ」

「いえ……へへ」

「あんた、冒険者かい？　助けてくれたお礼に教えてあげるけど、冒険者組合に行ったってショボい仕事しかないよ。ここじゃ、占有ダンジョンには領主軍しか入れないからね」

「えっ、マジですか」

たまに、そういう町がある。各地の占有ダンジョンの優先発掘権はその土地の領主にあり、冒険者たちは領主より認可を受けてダンジョンの調査をしている。各地の組合支部が、冒険者に代わって認可を受けている形だ。

一方、領主軍は基本的に、その土地の領主からお給料をもらっている、領主の私兵たちだ。彼らはいざという時のための防衛力のみならず、領地の警らなどの役割も担っており、本来ならば、ダンジョンに潜っている暇などない。

領主からしても、兵士の育成にもコストがかかっているわけで、領主軍をわざわざ危険なダンジョンに派遣しても、旨味は少ないはずだ。場合によっては遺族年金なんかを支払わなきゃならない事態にだってなる可能性もある。……ということは、それ以上の魅力が、この町の占有ダンジョンにはあるということになる。

「最近、王国軍が南に派兵を決めただろ。南は水が悪いからね。ここのダンジョンで採れる〈防疫〉つきのアクセサリーの需要が高まってる。元々、ここに飛ばされてくる領主はその〈防疫〉アクセを都の上級将校に売って、かろうじてメンツを保てているだけの鼻つまみ者が多いんだ。久しぶりに中央にデカい顔が出来るってんで、張り切ってるんだろうさ」

「なるほど、〈防疫〉ですか。そりゃ、冒険者には潜らせたくないかもですね。冒険者協定があるから、ダンジョンで採れたものは冒険者の自由にしていいことになってますし。せっかくの儲けのチャンスだもん」

と、その時、背後から足音がした。アイシャちゃんたちだ。

「シュナちゃん！　んもう！　また先に行って！」

「アイ……じゃなかった、リリちゃん。ごめんごめん。心配して来たんだけど、余計なお世話だったみたい。でもおかげで、このお姉さんに、この町のこと教えてもらえたよ」

今聞いた話を、アイシャちゃんに説明する。すると、アイシャちゃんは思案顔で言った。

「ってことは、ここの領主は中央への復権を狙っているのかな。供給をコントロールして、自分に有利に動いてくれる派閥に優先して流すと言えば、政治にも影響力を持てる。単にお金儲けがしたいだけなら、多少高値でも冒険者から買い取ったほうが、兵士を死亡させるリスクも込みで考えたら安くつくはずだもの」

アイシャちゃんの洞察に、お姉さんがヒュウッと口笛を吹く。

「へえ、こっちの嬢ちゃんは勘がいいみたいだね。そういうことなら、最近の領主のやり口にも納得がいったよ。……兵隊さんたち、ここのところますますひどい様子だからねぇ」

「さっきみたいなこと、多いんですか？」

「先月、領主は占有ダンジョンへの派兵を増員したんだよ。一番厳しいって噂の、第五層へ行かされる兵士の数が倍近くに増えた。だが、第五層に行くのも、浅層で露払いをするのも給料は同じなんだそうだ。ああいった手合いも増えるさ」

「それって……」

「悲惨らしいよ、第五層は。あんたみたいな冒険者サマは私みたいな水商売を軽蔑しているかも知れないけどさ。エロいことだってしてないじゃないが、あたしらの本当の仕事は、悪夢にうなされている男たちを抱きしめて、安心して眠らせてやる事だと思ってる」

「だ、だったら、あんなに冷たくしなくても……」

「私だって息子を育てるのに金が要る。可哀相だとは思うけど、一人だけ特別扱いしてたらキリがないのさ。ま、あんたらも一通り観光したら、さっさとこんな町から離れることだね。今のカーロッサは、空気が腐ってる」

そう笑うと、お姉さんたちは夜の町へと帰っていった。

「シュナちゃん……?」

「あ、ごめん、アイシャちゃん。ちょっと考え事してて」

せっかく足を伸ばした観光地だけど、もしかして、この町に来たのは間違いだったのかも知れない。そんな思いが、私の胸に去来していた。

+022　シュナ、剣を買う

「おほほ～！　もっと持ってきて！　もっともっと！」

町一番との噂を聞いた食堂で、私たちはカーロッサ料理に舌鼓を打っていた。カーロッサは南にそびえる断崖のおかげで日が当たらず、一年中涼しい。おかげで林檎や葡萄が甘い甘い。キャベツやレタスなんかの葉物野菜も、肉厚でジューシー。

「葉物野菜がこんなにおいしいなんて思わなかったなぁ。林檎のドレッシングも、いい感じ」

何より、

「この食感がたまらんね」

サラダに混じった、コリコリした触感の黒い物体は、崖の上空を飛び回っている、ハネイグアナの翼膜なんだとか。

「おっ！　シュナどの！　スープが来たぞ」

さらにハネイグアナちゃんはお肉としても優秀なのだった。ハネイグアナのスープは白く濁ったダシが出る。肉厚の甘～いキャベツに味がしみ込んでくたっとしていて、これがまたタマラン。アイシャちゃんがスープを掬って私に見せてくる。

「お肉に混ざってるキラキラした粒ね。さっき店員さんに聞いたんだけど、これ、エサの、マコナ草っていう草の成分が固まったものなんだって」

「へぇ。聞いて来てくれたんだ」

「うん。シュナちゃん、気になっていたみたいだから」

「どおりで、噛むと爽やかな風味がするわけだ。確か、魔よけの香水なんかにもなるんだよね」

この粒、こってりしたスープにふわっと清涼な香りをもたらして、これがまた旨いのだ。

「やー、でも、スープにも入ってるけど、やっぱり翼膜がおいしい。お肉と一緒に食べるといい感じ。ハネイグアナさん、今日も命をありがとう」

「黒パンにつけてもまた格別じゃなぁ」

ルヴルフはさっきからスープにパンを浸す手が止まらないみたい。

「そうだ、翼膜もお肉もみんな一緒に刻んで捏ねて、肉団子にしたらどうだろう。絶対に旨いに違いないんだが？　ハネイグアナを丸一匹、野菜や果物と一緒に煮詰めたっていうドミグラスも絶品だったし。きっと合うと思う」

なんて独り言を漏らしていた、その時だ。背後から聞き覚えのある声がした。

「おや……そこにいるのは」

何やら、悪い予感がする。いやでも、まさか、ね。そんな。

恐る恐る、振り返る。と、

「げぇっ！　あ、あなたは」

　そこにいたのは楚々とした雰囲気をたたえる、長身の女性だった。片側だけ垂らした髪に、伏しがちだがボリューミーなまつ毛……。魔炎将軍ヴァレンシアその人である。

「ヴァ、ヴァレンシアさん⁉」

「何か恐れられているような気がするが……シュナ殿と言ったか。よくリボンがお似合いだ」

「えあ、あ、ありがとうございます……」

　リ、リボン！　していて良かった……！　さっき勝手に外していたのを、アイシャちゃんに怒られたばっかりだったんだ。

「ど、どうしてこんなところに……」

「いやなに、任務でな」

「にっ、任務⁉　って、お、温泉で言っていたやつですか⁉」

「おっと。詳細は言えぬが、まぁ、その通りだ。この町に〝いる〟という噂を耳にしてな。私はしばしこの町に滞在するゆえ、またまみえることもあろう」

「そ、そうですか。は、ははは……」

　私はあいまいな笑みで、ヴァレンシアさんを見送った。

「ま・ず・い！　まずいまずいまずい！」

「大丈夫だよ。あの人、まったくシュナちゃんに気づいてなかったし」

「そ、そうだけどぉ！　……ってか、アイシャちゃん、とっさに眼鏡外してたのね。さすが」

「ちょっと不便だけどね」

「どうする？　もう町を出たほうがいいかな」

「……会ってすぐに？　そっちのほうが怪しまれるよ」

「そ、それもそうか」

う～ん。この町にいるとヴァレンシアさんと接触する機会が増える。バレる確率も上がりそうな気がするけど……。ただ、ヴァレンシアさんは私のことまったく疑ってないっぽいんだよな。だとするなら、下手に怪しい動きをするよりも、いつも通りにしていた方がいいのかも知れない。

「よしっ！」

私はハネイグアナのスープをぐびりと飲んで、勢いよく立ち上がった。

「どうするか決めたの？」

「うん。……新しい剣を買おう！」

「はぁ？」

私の提案に、アイシャちゃんが不可解そうに眉をひそめた。

＊　　＊　　＊　　＊　　＊

「う～ん、この重厚感。この鈍い輝き。いつまでも見ていられるわぁ」

私は宿屋に帰ってからずっと、新しく買った剣を手入れしていた。鉄を鍛えて造られた剣、スチールソードである。

「いやぁ　はがねのつるぎは　ぼうけんしゃの　あこがれだよねぇ」

『クリシュナ。そんな剣なんかよりも私のほうが何億倍も優れているのですが、なぜそのような剣にそこまで入れ込むのですか』

「鼻にくる鉄の匂い。整備用の油もおまけしてもらったし。いい買い物したわぁ」

『クリシュナ。聞いていますか？　クリシュナ！』

さっきからミラがうるさい。

「だって、ミラには〈自己修復〉がついてるじゃん？　だから、お手入れのしがいがないけど、この剣はそんなのついてないから。お手入れすれば、したぶんだけ応えてくれるんだよ。この剣が何人の冒険者の命を救ってきたことか……」

『バカな！　能力で比べれば差は歴然としています！　そんなナマクラより、私のほうが明らかにあなたの役に立ちます！』

出会った当初は事務的なことしか言わなかったミラだけど、最近、結構人格の幅が広がってきている気がする。

「頬ずりせんばかりの勢いじゃぞ、シュナ殿のやつ」

モグ竜が呆れている。まぁ、いいじゃん。私だって、単なる憧れだけで買ったわけじゃない。ヴァレンシアさんには一度、剣を見られている。私の顔は覚えていなかったけど、剣のほうは覚えていた。そのため、ダミーの剣を買ったのだった。これからは、普段はブロンズソードを〈次元収納〉にしまい、腰にはスチールソードを下げておこうかと思っている。

「シュナちゃん。それ、結構高かったんじゃない？」

「ん？　いや、そんなでもないよ。いいものだから、多少は値は張るけど。このクオリティだからそれは仕方のないことだし」

「ん！　も、もしかして……！」

と、アイシャちゃんがまなじりを釣り上げた。

「いくらしたの、シュナちゃん!?　お、怒らないから、正直に言って！」

「え？　これはね、金貨１２０枚かな。結構お値打ち品だったんだよ。王都で買うとあと30枚は高くつくはずだし。見てよ、この輝き。〈鋭利化3〉のブロンズソードよりも、素の切れ味が鋭いらしいよ。さすが、カーロッサ随一の名匠が打っただけは……」

そう言いかけた私を遮るように、アイシャちゃんが、

「こ、こ、このぉ～！」と、ぽかぽか殴ってきた。

「え？　な、なに、急に!?」

「金貨１２０枚もあったら！　三人で！　ふた月は暮らせるでしょ！」

「お、お金の心配してるの？　大丈夫だよぉ、まだ蓄えもあるし」

「でも、この町の冒険者組合には、ろくな仕事がないって教えてもらったばっかりじゃない！」

「ぐっ！　で、でもですね、アイシャさん。だからこそ、お金のある今のうちに、このような価値のある買い物をしておいたほうが、後のためになる、という考えなのですが……」

「あんたはっ！　最強の！　ブロンズソードが！　あるでしょぉ～!?」

アイシャちゃんが叫んだ。あ、〝あんた〟なんて初めて言われたけど!?　驚いていたら、アイシャちゃんは急にシュンとした。

「そりゃ、お金を稼いでいるのはシュナちゃんだからさ。使い道に関して、どうこう言える立場じゃないけど」

「いやぁ、それは……」

立場とか、そんなこと気にしなくてもいいのに。村じゃ、身寄りのない子供はみんなで育てるという考えだった。一度、ついて来ていいって言った以上、アイシャちゃんが成人するまでは、親代わりとはいかなくても、姉代わりでいるつもりなんだけど。

するとアイシャちゃん、さらに続ける。

「……これで、カーロッサには、まだしばらく滞在しなきゃいけなくなるね。すぐ町を出たら怪しまれるけど、バレないぐらいに時間を置いたら、さっさと町を出ることだって出来たのに」

「うぐっ。た、確かに」

四～五日ぐらいで町を出るって手もあったのか。スチールソードに散財してしまったせいで、ある程度の貯えを作ってこの町を出るためには、あと十日程度は、ヴァレンシアさんのいるこの町にいないといけない。

「冒険者組合にどんな仕事が来ているか次第で、もっと滞在することになるよ」

「ぐぅぅっ！」

返す言葉もない。いざとなったら隣町まで、モグ竜に走ってもらう？　でも、振り落とされないように一昼夜しがみついているのは、かなり大変。私は平気としても、アイシャちゃんにはキツいはずだし。

本当に、この剣を売るしかない……の、か？　せっかく買ったのに……？　どうしても、スチールソードは手放したくない私なのであった。

+023 シュナ、仕事を探す

「えぇ～！　ショボすぎ！　もっとなんかないの!?」

カーロッサの冒険者組合で、私は悲鳴を上げていた。

「昔は占有ダンジョンが組合に開放されていたから、仕事もあったんだがな。天までそびえる崖の真ん中にあるこの町にゃ、敵も魔物もおいそれとは襲っちゃ来れねぇから、他の町みたいに近隣の魔物退治の常駐クエストもねぇし。この町に来る行商人はほとんどが自前の護衛を連れてきているから、帰りもそいつらに頼むだろう。護衛の仕事もねぇな」

「たまに流れてくる冒険者だっているでしょ？　そういう人たちはどうしてるのよ」

「こんな僻地にか？　目の前には言葉の通じねぇ北方諸国が。背後には巨大な岩壁が。ちょいと隣町に行こうにも、長い長い壁が邪魔して、馬車で何日もかかりやがる。こんな陸の……いや、天空の孤島に、わざわざ働きに来る冒険者なんていねぇよ」

「ぎょ、行商人が無理なら観光客は？　気ままな観光客なら、護衛なんてその土地で見つけるもんでしょう。観光している間も護衛に賃金なんて払ってたら、それだけで破産しちゃうし。そういう観光客向けの、帰りの護衛の仕事もないの？」

「領主が変わってから、観光客に高い税金をかけるようになった。おかげでパタッと客足が途絶えちまったよ」

「そんな……」

「ってぇんで、紹介できる仕事はさっき言った通り。崖の下に広がる荒野で、小指の先ほどのちっこい鉄虫をひたすら集める仕事。か、登るのに半日かかるハシゴを登って、崖の上にマコナ草を刈りに行く仕事。それから、駄賃程度の報酬しか出ねぇが、青年団がやってる崖の上まで続くトンネル掘りの手伝い。それだけだ」

さっきも聞いてはいたけど、どれも〝冒険者〟の仕事とは言い難い。

「鉄虫がいくらでしたっけ……」

「丸一日やって、銀貨25枚が関の山だな」

「マコナ草刈りは」

「刈ってすぐのモンしか加工には向かねぇから、半日もハシゴを登った後で刈れる量なんつったらたかが知れてる。銀貨15枚ってとこだろうな」

「んで、青年団が……は、はち」

「8枚でも厳しいって言ってたから、今はどうだかな。まぁ、そういうわけだから、今じゃここに来る冒険者は大概が食うに詰めて、領主軍に入隊しちまう。嬢ちゃんが入隊したいってんなら口くらいは聞いてやるが」

ハゲ頭の組合職員の声が、閑古鳥の鳴く館内に虚しく響く。

「え、遠慮しときます……」

私はとぼとぼと、冒険者組合を後にした。

だが……、

「どういうことよ！」

悪いことは続くものだ。私は、町で一番安いという宿を出て、絶望に打ちひしがれていた。

「何で一番安い宿が、三人で金貨7枚もすんのよ」

ここが観光地だったというのを忘れていた。例え、観光客が激減していたとしても、いや、激減しているからこそ、この値段で当然なのかも知れない。女将さんに聞いたら、旦那さんと二人の息子さんが領主軍に入って、その給料で何とか食べているらしい。彼らの武具の手入れに忙しく、その時間を割いて客なんて取るなら、この値段じゃなきゃやってられないと。

「こ、これは……まずい。非常にまずい。ここままじゃ、このスチールソードを……ジークリンデたんを売らなくてはならなくなる」

『ジークリンデとは、笑止な。そのような名をつけたところで、ただの剣が、銘入りの魔剣になることなどありませんよ』

くっ！　ミラのやつ、何だか勝ち誇っているように聞こえるのは気のせいか？

「シュナちゃ〜ん！」

と、その時、遠くから駆けよってくる小さな影が見えた。

「ひっ、あ、アイシャさん?!　し、仕事はちゃんと探しますから！　だから、どうかもう少しだけ、お時間を頂ければと……」

つい、顔を隠すように、手でかばってしまう。そんな私の腕を取って、アイシャちゃんが興奮気味にまくしたてた。

「あのね、さっき聞き込みしてたら、綿マリモ作りの内職をしているオバさんたちに会ったの。私でも出来るって！　内職！　器用な人なら一日５００個も作っちゃうんだって！」

「え……？」

「だからぁ！　私でも、お金を稼げるんだよ！　少しだけど、足しになるでしょ？」

「あ、アイシャちゃん！」

なんていい子なの！　私のスチールソードのために、そこまでしてくれるなんて！

私が感動していたら、ルヴルフが少し真剣な顔で私に耳打ちをする。

「アイシャ殿はそう言っているがの。やはりこの町、少々キナ臭いぞっ。多少赤字になっても、早めにここを出たほうが良いかも知れぬ」

「何かあったの？」

「路地のほうから妙な匂いがして、様子を窺ってみたら……半死人のようになった軍人が大勢転がっておった。しかも、訛りから察するに、この土地の者だけではなさそうじゃっ。どこかから大量に集められた軍人が、使い物にならなくなるまで、こき使われたということじゃないかのぅ」

食うに詰めた冒険者たちが領主軍に入隊しているって冒険者組合で言ってたけど、彼らがそんなふうに使い潰されてるってこと？　考えてみれば、いくら領主軍だって、無尽蔵に人材を雇用できるわけじゃない。新たに雇った分だけ、どこかで減ってるはずだ。

カーロッサぐらいの規模の町なら、結構な数の冒険者たちがやって来ているはず。それが、ろくな仕事にもありつけず、行きつくところは領主軍。その数が丸々、路地裏に蠢く半死人になっているんだとしたら……。

「ちょっとヤバげな匂いがするねぇ」

「じゃろ？」

「でもまぁ、昨日ヴァレンシアさんに会ったばかりだしなぁ。どんなに早くても、あと四～五日はここにいなきゃいけないけど」

「むぅ、その問題があったのぅ。何も起こらないといいんじゃが」

ルヴルフの呟きが、何やら不吉に響いた。

+024　シュナ、聞き込みをする

証言その一。串焼き売ってるおっちゃん。

「領主の方針が変わったのはいつからだって？　あぁ、それなら、おかしな傭兵が領主に取り入ってからだろうねぇ。何でも凄腕の女剣士らしいが。刀身が捻じれた、妙な剣を持っているって話だよ。名前？　名前までは知らないよ。それより、買うんかい？　串焼き。ほれ」

証言その二。パン屋のせがれ。

「あっ、しゅ、シュナさん！　ほほほ本日は、お日柄もよく……。え、すぐそこに言葉も通じない国があるのに、怖くないかですって？　確かに、こんなに近いのに交流がほとんどないのって珍しいですよね。あちらの人たちは宗教上の理由で、我々のことを鬼か悪魔の子だって思っているみたいですから。怖い、とは少し思いますけど、これまで仕掛けられた戦は、毎回ほぼ無傷で撃退してますからねぇ。あっ、パ、パン買っていきますか？　シュナさんなら、オマケしますよ」

証言その三。マコナ草を加工して香水を作っているオバちゃん。

「昔から、ここの領主になる貴族は国政から締め出された人が多くてね。この巨大な断崖が王都への侵攻を完全にシャットアウトしちゃうから、防衛っつったって誰にでも務まるし。仮にここを取られても、上から矢なり魔法なりを降らせばいいんだ。何も期待されない、かといって無下にもできない鼻つまみ者の終着駅さね。もっとも、観光でそこそこ儲かるから、これまでは特に文句も出なかったそうだが。その観光をそっちのけで、領主軍をこき使っているのが、不気味よねぇ」

証言その四。町でたむろしていたゴロツキ。ちなみに、昨日助けたお水のお姉さんと知り合いだと言ったら、急に態度が良くなった。

「何でも最近、領主軍がダンジョンの奥に何か運び込んだようだぜ。大きさは大体そこの樽ぐれぇだそうだが。精鋭を配置して、厳重に守っているそうだ。中身がなんなのかは知らねぇがよ」

証言その五。綿マリモ作りの内職のオバちゃん達から話を聞いてきたアイシャちゃん。

「あ、そういえば。シュナちゃんが助けたっていうシスターたちだけど、やっぱりソリロークの人だったみたいだよ。ファラシオから来た行商人が、そう言ってたって」

そういえば、アイシャちゃんが言ってたな。隣国ソリロークの貴族や神職は元パララクシア人だって。彼らはパララクシアでの内紛に敗れ、北へと逃げた。逃亡した先の地で、元いたソリローク人を支配して作られたのが今のソリロークだ。だから、彼らは国を追われたことを今も恨みに思っており、虎視眈々とパララクシアへの復讐の機会を伺っているんだとか。

「う〜ん」

すべての証言をまとめ終えて、私は宿で唸っていた。

「なぁんか、裏で悪どいことやってそう、ってところまでは分かるんだけど、それより先がどうにも掴めんなぁ」

「ふぅむ。その、最近、領主に取り入ったとかいう傭兵が怪しいのう」

と、新たな証言。証言その七。証言をまとめていた私の話を聞いていたルヴルフ。

「のう、これ、ふと思ったんじゃけど、今ソリロークに攻め込まれたら一たまりもないんじゃないか？　この町。領主軍は疲弊しきっておるし、王国軍は南へ出払っておるし」

「あ～。言われてみれば、確かに。でも、ソリロークからしたら、わざわざここを落とす価値もあんまないだろうし、それはないんじゃない？」

「ふぅむ。じゃが、宗教の問題は根が複雑じゃからのう～っ」

「考えすぎだって。モグ竜。まぁ、いきなり戦争ってことはないにしても、ここに長くいたら、面倒ごとに巻き込まれそうではあるよねぇ」

これはヴァレンシアさんに不審がられるリスクを負ってでも、さっさと退散すべきか？

と、アイシャちゃんがジト目で言う。

「スチールソード、売らないとね」

「うっ」

「この町を出るつもりなら、せっかく買ったスチールソード、売らないと路銀がないもんね」

「うぅっ」

楽観的な目論見で、高い買い物をしてはいけない。私は学んだ。

「きょっ、今日か明日に、いきなり何か起こるってもんでもないと思うし！　私も、もう少し調べてみる！」

最後の悪あがきだ。売らないで済むなら、売りたくない。私はもう少し、この町で何が起こっているか、調べてみることにした。

間章　ヴァレンシア、ダンジョンに潜る

フェンレッタから得た情報では、この町に、いる、という噂だった。十三聖剣の半数は行方が知れないとされているが、その内の一振りをとある傭兵が所持しているとの噂が、以前よりあった。もしやその剣こそが、黎明剣アルマレヴナをへし折ったあの剣なのではないか？　ヴァレンシアはそう考え、この町にやって来たのだが……。

「おっと！　またゴブリンか」

ここはカーロッサの占有ダンジョンの第二層。ここに沸くモンスターはゴブリンだ。この程度なら、メインウェポンを失くしたヴァレンシアでも、悠々と撃破できる雑魚である。

もっとも、ゴブリンと言えど、一般兵にとっては脅威だ。彼らは魔戦将軍たちのように、魔力のこもった鎧で守られているわけではない。死の危険は充分にある。

「どうも、この町はおかしい」

ヴァレンシアもまた、路地裏に蠢く半死人を目の当たりにし、この町で何が起きているのか勘づいていた。

どうせ増えるのだから、減った分だけ使い潰す、そのような運用意図が感じられて、ヴァレンシ

アは苦虫を噛み潰したような思いだった。

「栄えある我がパララクシアの領主ともあろう者が、領民や冒険者を人とも思わない非道な仕打ちを……！」

角を曲がったところで出会ったゴブリンを斬り伏せて、ヴァレンシアは憤った。噂によれば、最近、領主に取り入ったという傭兵が、第五層のどこかに何か大きなものを運び込ませたという。それが何なのか、そして、その傭兵の狙いが何なのかを探ろうと、夜中に密かに占有ダンジョンに潜り込んだのだった。


「第五層のモンスターは……ヴェノムピードか！」

人より巨大なムカデが、鉄より硬い甲羅に覆われている。その牙からは猛毒がしたたり、かすっただけで人を瀕死にする。その腹には人間の顔にも似た、二つの目のついた突起物があるが、口に当たる開口部は横ではなく縦に裂けていて、心の弱い人間なら見ただけで発狂してしまいそうなおぞましさだ。

「それが百匹近くも、うじゃうじゃと！」

人間大のムカデが這いずり回れる程度には広い空間があり、幸い、ハルバードを振り回すのに問題はない。このハルバードも、十三聖剣ほどではないが、そこそこの魔力が籠ったユニーク武器である。ヴェノムピード程度にならば引けは取らないが……いかんせん、数が多い。

「くっ！　邪魔だっ！」

少し、蛮勇が過ぎた。アルマレヴナを失った失態を取り返そうと、知らず知らずのうちに焦っていたのかも知れない。

「この数では……うっ！」

ヴァレンシアの体を、十数匹ものヴェノムピードが一斉に締め上げた。内側にいるヴェノムピードが潰れ、体液が鎧の間から侵入してくる。それほどの圧力をかけられ、さしもの魔法の鎧そのものも、ミシミシときしんでいる。

「息が……でき……」

振りほどこうにも、口に流れ込んだムカデの体液から毒が回り、思うように体が動かない。

「ここで死ぬ……のか？」

そう覚悟を決めた、その時、全身にかかっていた圧力が、ふいに消失した。

「あのぅ、大丈夫ですか？　そこの人」

ばらばらとヴァレンシアの体からムカデが剥がれ落ちていく。傷つき、倒れそうな体を支えながら振り返ると、そこに立っていたのは、赤く輝く銅の剣を手にした、仮面の剣士だった。

+025　シュナ、目撃する

「なにをしにきたっ⁈　我が剣を折ったお前に助けられるなど、何たる屈辱！」

ヴァレンシアさんが叫ぶ。男装していたせいか、または普通なら刃が通らないだろうヴェノムピードの甲羅をブロンズソードで切り裂いて見せたせいか、一発でブロンズソード＋９９９の持ち主だと分かったみたい。

念のため、仮面をかぶっておいて良かったよ。ってか、気色悪いムカデの化け物に囲まれていたから助けてあげたのに、その言い草はないでしょ。

「今そんなこと言ってる場合⁈　協力して、この場を切り抜けないと。すごい数だよ⁈」

「ふん！　少年、そなたの持つその剣ならば、このような化け物など一刀のもとに斬り伏せられるだろう⁉」

「それがさぁ」

さっきまで目的の相手を探していたミラなのだけれど、今は〈認識阻害〉？　ってのを受けているらしくて、その対処で手一杯なのだそうだ。だもんで、

「ちょっと、難しいんだよねぇ……（加減するのが）」

だって、全力でこの剣を振りきったら、ダンジョンごと真っ二つだ。いつもならその辺うまくやってくれているミラは〈認識阻害〉と格闘中だし、下手したら生き埋めになりかねない。

「ふん。そなたのその剣もアルマレヴナと同じ、何か条件付きの魔法剣ということか。真の力を発揮するには、何らかの条件を満たすことが必要なのであろう」

「え、いやぁ。はは、まぁ、そういうことに、なるの、かな？」

なんか勝手に勘違いしてくれた。訂正するのもめんどいし、このままでいいや。

「気は進まぬが、この場は共闘せざるを得なさそうだ。私のハルバードのほうがリーチが長い。私が前に出る。そなたは後ろからついてこい！　……うおおおっ、食らえっ！　王連斬ッ!!」

「おぉ～……」

ヴァレンシアさんがぶるんぶるんハルバードを振り回すと、気色悪い人面のムカデがバッツンバッツン細切れになっていく。間合いさえ詰められなければ、さっきみたいなことにはならないだろう。私の出る幕、ないかも。


「すっご……。結局全部一人でやっつけちゃったよ」

「はぁっ、はぁっ。……さぁ、そろそろ説明してもらうぞ。なぜ、このような場所にいたのだ」

さすが、魔戦将軍だけはあるってことか。

「実はさぁ。ここの領主が最近人が変わったみたいだって噂を耳にしまして。他にも色々きな臭い話を聞いたものだから、ちょっと調べてみようかな、と」

「あぁ。私も聞いている。領主に取り入った凄腕の傭兵がいる、と。そなたではないのか？」

「えっ、違いますよ。何でも奇妙な剣を持つ女剣士だとかで」

「なに？　女なのか……？　ではやはり、そなたではないのか」

「あは、あはは、あはははは～っ。そ、そうですよーっ。ぼくゎ、どっからどう見ても、男！　男の子ですもんね～」

なんか……女として忸怩たるものがある発言だけれども。背に腹は変えられぬ。

「それより……どうもこの先、雰囲気が違うようですよ。私たちが探していたものがあるかも知れません」

〈認識阻害〉を振り切ったミラが教えてくれた。この先に、ぽっかりと空間があるらしい。

「ふむ……、気配を消せ。様子を探ろう」

「気配を消せって……簡単に言ってくれますねぇ」

もちろん、ブロンズソードの能力を使えば、わけもない。下から三番目の、〈隠密機動〉あたりを使えばいいかな？　もっと上位のスキルもあるらしいけど、ヴァレンシアさんの手前、あまり凄すぎる能力を見せたくないから、この辺で。

すると、ヴァレンシアさんの顔がこわばった。

「なっ!?　隣にいるそなたが消えたかと思ったぞ!?　な、なんだその気配の消し方は」

「い、今はいいじゃないですか。それより！　ほら、あそこ！」

「まぁいい。もしや、領主に取り入ったという女傭兵とやら、あれか？」

ぽっかりと開けた空間には一人の妙齢の女剣士がいた。右腕にやけにごついガントレットをつけた、軽装の剣士だ。匂い立つような色香を放つ美しいかんばせ。おへそなんか出しちゃって！　太ももなんかすらっとしてて。まぁ～、かっこいい女剣士ってのを体現したような剣士である。

「妙だな。やつの周りのヴェノムピード、やつに付き従い、守っているように見える。一切、攻撃に移るそぶりがない」

「それより、何あれ？　こんなところに……井戸？」

ダンジョンの奥深くに井戸があるなんて、おかしい。誰が掘ったんだって話よ。まさか、領主軍がダンジョンの奥に運び込んだものって、あれ？　なんのために？　ダンジョンに休憩ポイントでも作るのか？

井戸の周りはそこだけ日が差し込んでいるように、ほのかに明るかった。

と、女剣士がダンジョンの奥の暗闇に向かって、無造作に剣を振った。暗闇に隠れて、一人の男が忍び寄っていたのだ。彼女はそれに気づき、返り討ちにしたのだろう。

「ぐっ、ギ……」

現れたのは、動きやすそうな皮の鎧を着た冒険者だ。いや、皮を黒く染めているあたり、専業の暗殺者かも知れない。

「あれは……、王国の諜報員？　顔見知りだ。あいつがいるところでは大抵何か良からぬことが起きているが……、ここもそうだというのか」

その時、目を見張る変化が、諜報員の男に起きた。決して致命傷とは思えなかった女剣士の一撃だったが、女剣士の剣に貫かれた片口の傷から、男の体が徐々に『捻じれ』はじめたのだ。

「ギッ、ギュォッ、おごぉっ」

男の体は傷口に吸い込まれるようにどんどん『捻じれ』て、跡形もなく消えてしまった。

「くっ！」

ヴァレンシアさんが自分の口を押さえ、声を殺す。人一人を消し去ったというのに、女はまるで無感動そうに暗闇を見つめている。その横顔に、光が当たった。彼女の顔半分は、無残にも焼けただれていた。

「！」

私はその顔を、どこかで見たことがあるような……？

「あれ……どこだったっけな。ロロナッド……いや、もっと前。ってことは、スコンプ？」

スコンプ。私とアイシャちゃんが出会った町。私の冒険の始まりの町だ。

「しっ、知っているのか、やつを」

「知らない。……いや、知ってる、のかな？　見たことがある、気がする。名前は確か、ギ……なんだっけ。聞いたことあるような気がするんだけど、覚えてない」

あああっ、気持ち悪い。ここまで出かかっているのに。

ギネッタ？

ギネヴィア？

「……もしかして、ギリネイラか？」

あ、あ、あぁ～っ。

「そ、そう！　それ！　それです」

思い出した！　スコンプで孤児院を乗っ取ろうとしていた司祭の悪行を探っていた時、私は一人の女性と出会ったのだ。彼女は、司祭の身の回りの世話をする下女の一人だった。でも、彼女は当時、清楚な身なりをして、穏やかな雰囲気だったから、繋がらなかった。偶然一～二回話しただけだし、直接名前だって聞いてない。誰かに呼ばれていたのをふと耳にしただけだ。それに、彼女は右腕を失っていた。でも、今目の前にいる女剣士は、ごついガントレットに覆われた右腕を自由に動かしている。

「もしやとは思ったが、やはりそうか。パララクシア国内にいる可能性も伝え聞いていたが、どこその貴族の庇護下にいたのか、今まで動向が掴めていなかったのだ」

「ゆ、有名な人なんですか？」

「あぁ。やつの持つ剣は〝捻殺剣ウル＝グラム〟という。十三聖剣の一振りだ。世界を股にかけて悪名を轟かせている傭兵だが、言われてみれば、やつの出身はここカーロッサだったはず。戻ってきていたとしても不思議ではない」

確かに、スコンプで出会った彼女は北部の訛りで話していた。ということは、やはり同一人物なのだろうか？　と、そこでふと、私の目に不思議な光景が飛び込んできた。ギリネイラが井戸を蹴飛ばすと、中から美しい女性が現れたのだ。

「誰あれ……綺麗な人……」

「なっ……！」

ギリネイラはその女性の様子を熱心に調べているようだった。女性はどこか虚ろな目をして、意志らしきものは感じられない。ギリネイラがガントレットをした右手で女性の頬を撫でると、女性は無表情のまま、手を挙げたり下げたり、まるで操り人形のように動く。

「何してるんだろ？　隠し芸の練習？　……なわけないだろうし」

女性の様子を満足そうに眺めたギリネイラは、やがて来た道を帰ってしまった。一方、女性はというと、出てきたときと同じように井戸の中に消えてしまった。後には、光に照らされた井戸がぽつんとあるだけだ。

「い、今のなんだったんですかね？　いきなり暗殺者が襲い掛かったと思ったら、剣に貫かれて消えたり、井戸を蹴ったら井戸から女の人が出て来たり。意味が分からない」

困惑する私を横目に、ヴァレンシアさんは喉をごくりと鳴らした。

「あれは……井戸の守護神、イドルギ様だ……」

「イドルギ様？」

「あぁ。……至高神マルルギ様の愛娘とされる。ルギ神族の一柱」

「マルルギ様は分かりますよ。うちの国教の主神ですよね」

「そうだ。……そして、国内のマルルギ派とたもとを分かち、北方のソリロークで他民族を改宗させ、一大勢力を築いたのが北方正教会。彼らはパラクシアにいた頃は聖娘（せいじょう）派と呼ばれていた」

えと、つまり、井戸から出てきた美人は神様ってこと？　うわぁ、初めて見た。私がのん気に浮かれていると、ヴァレンシアさんの声が低くなった。

「そなた、分からないか？　あのお方はソリローク、北方正教会の主祭神だ。それが何らかの方法で〝誘拐〟されているんだ。……急いで解放せねば、戦争は避けられん」

間章　アイシャ、密かに探る

「おや、リリちゃん。今日も来たね。さぁさ、今日の分はこれだけだ。気張って作ろうね。……ルヴちゃんは、もう少し手先が器用だといいんだけどねぇ。気立ては悪くないんだけど」

「うぐっ、今日こそは一日５００個、達成してみせるのじゃっ」

教会前広場に敷物を敷いて、オバちゃんたちは今日も綿マリモ作りに精を出す。

ここだけで一日に五千個の綿マリモが生み出されているわけだけれど、こんなに作って在庫がダブつかないのかと思っていたら、世の中には綿マリモフリークの金持ちがいるらしく、森をイメージした庭園に綿マリモをいっぱいに浮かべる〝エルフ風〟というのが流行っているそうな。

広大な敷地を綿マリモでいっぱいにするには数千万個必要で、彼らは〝カーロッサ産〟を好んで買い求める。そこに目を付けた商人が〈浮遊〉の魔石を大量に持ち込んで、女将さんたちに内職をしてもらっているのだとか。

「それで、昨日の話だけれど」

「あぁ？　なんだい、リリちゃん。おかしなことが気になるんだねぇ」

「お知り合いかもしれないの。良かったら、教えて」

「確かに、ギリネイラって子はこの町にいたらしいよ。当時を知っているものも少なくなってきているそうだが。何でも、町一番の器量よしの母娘だったそうだ。ただ、悲しいことがあってね。母親のほうは亡くなり、まだ小さかったギリネイラは町を追い出されたらしいよ。前の前の領主様の時代の話さね」

「悲しいことって？」

「何でも、その母娘が領主の奥方様の大事なものを盗んだんだそうだよ。それで、二人とも顔を焼かれ、腕を切り落とされ……。町の者たちに、投石まで命じたってんだから、よっぽど大事なものだったんだろうねぇ。結局、町の者が投げた石が当たって母親は死んで、娘はたまたま運良く助かったから、恩赦を頂いて町の外に放り出されたそうだ」

「ちょいと、あんた！」

もう一人のオバちゃんが、私に話してくれたオバちゃんを窘(たしな)める。

「分かってるよ。今でもこの話をしたがらない老人は多いみたいだねぇ。この町の闇の歴史ってところかね。私なんかは、旦那の実家に嫁いできたヨソ者だから、当時のことはよく知らないんだけどね」

「後味の悪い話じゃな……」

モグちゃんが顔をしかめた。そして、私のほうをむいて、その顔が急激に青ざめていった。

「うぉ！　アイ……じゃなかった、リリどの！　すごい顔色じゃぞ!?」

少し、頭がくらくらする。

「あんた、ひどい顔色じゃないかい。今日はもういいから、お休みよ」

オバちゃんがそう言ってくれた、その時、崖際のほうから、悲鳴が上がった。

「ソリローク軍だ！　やつら、攻めてきやがったぞ！」

+026 シュナ、激突す

「ぐ……ぬぉ、うおぉ……」

「ねぇ、やっぱり、変わりましょうか？」

「いらぬ。そなたがモンスターどもを露払いをしてくれるだけで、かなり助かっている。……悔しいが、戦力としてはそなたのほうが上だ。私は私の出来ることをしよう」

私たちはダンジョンの深層から、町へと逆戻りしているところだった。……井戸を背負って。背負っているのはヴァレンシアさん一人。なんていうか、凄まじい怪力だ。とか思っていたら、ヴァレンシアさんにため息をつかれた。

「この鎧、〈怪力8〉の魔力が籠っているのだ。そのような目で見ないでくれるか」

「えへへ。すみません」

もちろん、〈次元収納〉で運ぼうかとも思ったんだけどね。さすがにご神体である井戸は収納できなかった。

「……まったく。そなたと話していると、毒気を抜かれる。そもそも、私の剣が折られたことを恨みに思ってはいたが、あれは事故だったと言えなくもないしな」

「そ、そうですよぉ。あれは事故です、事故！」

「だが、貴様がいたいけな幼女の下着を脱がせていたことはどう申し開きをするのだ？」

「えっ、そ、それはぁ」

脱がしてたんじゃないし！　着せてたんだし！　くそぉ。

「おっ、見えてきたぞ。第一層が」

と、私が唇を噛みしめていたら、ヴァレンシアさんが顔を上げて言った。その目線の先に、ふと影が差す。第一層と第二層を繋ぐ階段に備えつけられた松明が、曲線的なシルエットを投影していた。ギリネイラだ。

「まさか、あんたみたいな有名人が潜入してきているとはね。魔炎将軍ヴァレンシア。おっと、今のあんたは剣を失った、ただのヴァレンシアか？」

「ギリネイラ、貴様……！」

「天下のヴァレンシア殿に名前を覚えていただけるとは、私も出世したもんだ。イドルギ様を連れて行かれるわけにはいかない。あんたにはここで死んでもらう」

瞬間、ギリネイラは奇妙に捻じれた剣をヴァレンシアさんの肩口めがけて突き出した。ヴァレンシアさんは井戸を背負っている。避けられない！

私はブロンズソードを抜き放ち、ギリネイラとヴァレンシアさんの間に躍り出た。

「この剣を防ぐとは、お前は何者……いや、その剣は一体⁉」

「ふははははぁっ！　我が名は遍歴の騎士、クリスティン・ファロード！　イドルギ様を拉致し、政情を混乱させようとした罪、我が両眼がしかと見届けたぞっ！」

だが、せっかく名乗ったのに、ギリネイラはぽかんとしていた。

「ヴァレンシアの従者か何かか？」

ありゃ。やっぱ私じゃ、恐れ入ってくれないか。

『クリシュナ、あの剣……〝捻殺剣ウル＝グラム〟は危険です。受け止めた際、わずかに凹みが出来ました。その傷を入り口に、こちらの能力を歪めようと魔力が侵入してきています』

「へぇっ!?」

ミラの忠告に、思わず変な声を出してしまった。さすがは十三聖剣、ということか。アルマレヴナを折ったことがあるせいか、相手が十三聖剣持ちでも大したことないんじゃないかと、油断していたんだけど……。

『全魔力が相手の性質を歪めること〝のみ〟に特化した剣なのでしょう。破壊でも腐食でもない以上、対抗可能な能力は〈自己修復〉くらいしかありません。しばし、修復に集中したいので、能力が一時低下します』

ちょちょちょちょ、ちょっと！　能力が低下した状態で十三聖剣持ちと戦えって？

「わっ、ととと！」

なんて思っていたら、ギリネイラがウル＝グラムを伸ばしてきた。慌てて、体をよじる。

「ハッ！　貴様が何者か知らんが、気をつけることだな。ウル＝グラムは傷をつけたあらゆるものを捻じれさせる。生が捻じれて死に。存在が捻じれて消滅に。反応は悪くないようだが、どこまで持ちこたえられるかな？」

ギリネイラは愉しそうに笑いながら、怒涛の連撃を繰り出した。

「ひぇっ！　わっ、ちょっ！」

私がわたふたしていると、さらにムカデの大群が私たちを襲ってくる。

「何これっ、十三聖剣持ちだけじゃなく、ムカデまで相手にしろって!?　なんでこいつら、あっちには襲い掛からないのよっ!?」

第五層の最深部にいたような、人間大のムカデではないものの、大蛇のようなムカデがウジャウジャとうっとうしい。その時、ムカデの群れがハルバードの一閃によって吹き飛ばされた。

「クリスティン！　助太刀いたす！」

振り返ると、井戸を置いたヴァレンシアさんが完全武装でハルバードを振るっていた。

「ムカデども！　まずは魔炎将軍からだ！」

ありがたい！

さすが、ヴァレンシアさんは無視できないみたい。私からマークが外れた。この機を逃しちゃいけない。私は剣を持つ相手の腕を狙ってブロンズソードを下からかちあげた。ギリネイラの右腕がガントレットごと吹き飛ぶ！

「ぎゃーっ！　ごめんなさい！」

凄腕の傭兵だというのに、片腕にしてしまった。これじゃ、明日からご飯に困るんじゃ……。

と、思ったら、ギリネイラのガントレットはウル＝グラムを手にしたまま宙をすべり、私めがけて飛んできた！

「きゃっ！」

ななな、何あれ?!

ゴースト系のモンスター!?

リビングアーマーとか!?

「こうも早く種を明かすことになるとはね。あたしのユニークスキル〈傀儡〉はこういう使い方も出来るのさ」

よく見れば、ガントレットの指が一本一本、糸で吊るされている。その糸はどこでもない、虚空から垂れていた。いや、よぉく目を凝らすと、薄っすら操作板のようなものが見えたり見えなかったり。多分、糸も操作板も実体じゃないんだろう。

ギリネイラは元々片腕だったんだ。それを、スキルの力でガントレットを動かして、両腕に見せていた。じゃ、やっぱり、私がスコンプの教会で見たのは……。

縦横無尽に空中を飛ぶガントレット。地面はヴェノムピード（小）が這いずり、足を取られる。かと言って、全力で剣を振るえば、ヴァレンシアさんやイドルギ様まで巻き込んで、ダンジョンを崩落させてしまうし。一体、どうすれば……

「クリスティン、こっちだ！　我が鎧は〈剛体8〉の魔力が籠っている。それ以上の魔力を持った武器でなければ傷すらつけられん。あの魔剣、見たところ、攻撃強化の魔力はそれほど強くなさそうだ。傷さえつかなければ、捻じれさせられることもあるまい」

装備者を強化する〈鉄壁〉と違い、〈剛体〉は防具そのものを強化する防具版の〈鋭利化〉みたいな能力。それが準伝説級のレベル8ともなれば、生半可な武器じゃ傷一つつけられやしない。慌ててヴァレンシアさんの背後に回り込んだ。

「そなたの剣は無事か!?」

「そ、それが、あの剣に傷をつけられて、能力が低下しちゃって」

「やはりか。盗賊団の首領を斬ったときのような精彩を、欠いているように見受けたが。私と違って、そなたは軽装。あの刃に当たったら、さっきの男の二の舞になりかねん」

存在そのものを〝捻じ〟消された、諜報員の男を思い出してぞっとした。だが、ギリネイラは攻撃の手を緩めなかった。

「さすが、アルマレヴナを失ったりと言えども魔戦将軍か。ならば、対策を練られる前に、早々に決着をつけたほうがよさそうだ。奥の手を切らせてもらう。エンドーリル。やっておしまい！」

叫んだ瞬間、ギリネイラの影から現れたのは、人間を奇妙にデフォルメにしたような、ひょろ長い頭でっかちな人影だった。糸に吊るされた全身は真っ黒で、無数の牙が生えた口からだらだらと涎を垂らしている。口から上は〝捻じれ〟て、向こう側が半分見えていた。

その口に、黒い光が宿る。

「なっ！」

ギチギチと耳障りな音を立てて、黒雷がヴァレンシアさんを襲う。その一瞬前に、私は突き飛ばされて無事だった。だけど、ヴァレンシアさんは……

「ほう。今のでも、立っていられるか。このダンジョンの主だったグランディアズ四大王の全力を受け止めて、なお主を守るとは。呆れた逸品だな、その鎧は」

ヴァレンシアさんは、生きていた。ただ、肉が焦げるイヤな匂いが辺りに漂っている。

「ふっ、フルヒール！」

「……かたじけない」

「ちっ！　回復持ちか、厄介な！　エンドーリル、あっちを先に始末しろっ」

ギリネイラはターゲットを私に切り替えた。まぁ、回復持ちを先に叩くのは定石だが――？

「うひーっ」

ムカデの大群が足元に絡みつき、浮遊するガントレットが一撃必殺の魔剣を突き刺さんと舞い飛び、魔王の黒雷が私を襲う。でも、

「あまぁいっ！」

今のところ、怖いのはウル＝グラムだけ。私は黒雷をブロンズソードで受け止めると、ムカデを

蹴飛ばし、ウル＝グラムの攻撃をかいくぐり、ギリネイラとの距離を詰めた。

「クリスティン、後ろだ！」

「ちぇっ！」

ギリネイラの首筋に一撃を入れようとしたところで、背後からガントレットが迫ってきた。前転しながら剣をかわすと、ギリネイラは距離を取っている。

「攻め切れないっ」

「クリスティン！　そなたは黒い化け物のほうを！　私がこの剣をそなたには近づけさせぬ！」

「よし来たっ！」

「くそっ！　なんなのだ、貴様はっ⁉　邪魔なのはヴァレンシアだけではなかったのか⁉」

黒雷はすべてブロンズソードが避雷針となって吸収してくれる。数十匹のヴェノムピードが網のように織り重なって行く手を遮ったが、私は一刀のもとにそれを斬り伏せた。

「集中、集中……ッ！」

全力の大振りの攻撃じゃ、ダンジョンが崩落する恐れがある。ミラが回復に専念している今、私がブロンズソードの能力を制御しなければいけない。私は全神経を研ぎ澄まし、ギリネイラに操られた魔王の心臓、一点のみを目掛けてブロンズソードを突き出した。

「ふっ！」

魔王の後ろの岩壁に、細い穴が開いて、ぱらぱらと小石が降る。やや遅れて、魔王の体は、顔の中央に空いた穴に吸い込まれるようにして、消えていった。

「もう後がないぞ、ギリネイラ」

「くそ！　貴様だけなら何とでもなったろうに！　なんなのだ、その仮面の男は⁉」

「ふっはぁ！　我が名はクリスティン・ファロード！　遍歴の騎……」

「クリスティン殿。それはもう良い」

「そですか……」

「イドルギ様を解放させてもらう。このままではソリロークと全面戦争になりかねん」

するとギリネイラは狂ったように笑った。

「くっふ。ふはははは。貴様らが何をしようと、もう遅い。今ごろ、町はソリローク軍に包囲されていることだろうよ。後は私が手を下すまでもない。背後にそびえた壁で逃げ場もなかろう。町の者たちは皆殺しだ」

「そ、そんな！」

「イドルギ様を召喚させるために、ソリロークのシスターたちを攫わせていたのだが、ある日邪魔が入ってな。ソリロークに計画がバレ、こちらも動かざるを得なくなってしまったが。先ほど物見から報告があった。この町は終わりだ」

ソリロークのシスターたち！　私が助けた人たちだ。私が彼女たちを助けたことで、計画が早まっちゃったってこと⁉

「貴様！　闇雲に戦争など起こして、何が楽しい!?」

「戦争？　違うな。私の狙いは虐殺さ。この町を完膚なきまでに滅ぼす。それこそが我が望みよ」

「なっ、なんのために!?　町には罪のない人が、たくさん……！」

それに……町にはまだアイシャちゃんとルヴルフがいる！　ああぁっ、こんなことになるならスチールソードを売ってでも、こんな町からさっさと退散しておくべきだった！

「罪がない……だと!?」

すると、ギリネイラは暗がりでも分かるぐらいに顔を歪めた。

「罪がない者など、いるものか。町のやつらは私の母様を殺した！　何が罪だ!?　際立って美しかったことが、罪か!?　その美しさを見初めた領主が母様を……そしてまだ幼かった私を手籠めにしたことが罪か!?　それが、奥方の大切なものを盗んだことになるのか!?」

「え……？」

「嫉妬に狂った奥方は、領主をたぶらかした顔だと言って我ら母娘の顔を焼き、領主を愛撫した腕だと言って、我ら母娘の利き腕を切り落とした。その上で見せしめに磔にし、町のものに投石を命じた。……この町のものはみな罪人だ！　母様を殺したなぁっ！」

ギリネイラは全身が宙吊りになったような奇妙な動きで、予想もつかない大ジャンプをし、私めがけて跳んできた。スキルで自分自身を浮かせたんだ！　蹴りを腹に受け、思わず転がる。

「邪魔なのだ、お前は！　死ねっ！」

左腕で私の首筋を掴み、空からガントレットが急降下。私の眉間を刺し貫こうと、ウル＝グラムの切っ先が迫る。

「わ、わあっ」

それは一瞬の出来事だった。

「ぐっ、ぐぷっ」

私がとっさに振るったブロンズソードは、ウル＝グラムの刀身を両断していた。弾き飛ばされた切っ先が向かった先に、ギリネイラの首筋があった。

「こ、こんな、ところで……」

「どどうしよう。ヒールでいいの⁈　存在が捻じれるって、一体どうすりゃ治せるのよ？」

「よせ、クリスティン殿。自業自得だ。それより、我らは急ぎ、戦争を止めねばならぬ」

「で、でも……」

ヴァレンシアさんは私の肩に手を置き、首を振った。

彼女に促され、ノロノロと立ち上がる。井戸を担ぐヴァレンシアさんの後について、地上を目指し、歩き始めた。背後では、ギリネイラのくぐもった呪詛（じゅそ）の声がいつまでも聞こえていた。

+027　シュナ、大事なものを奪う

「うへぇ～。見渡す限り、ヒトヒトヒトって感じだ」

カーロッサの高台から見下ろせる平野には、凄まじい数のソリローク軍が押し寄せていた。

「んで、あっちも……か」

町の背後にそびえる山。その山を登り、町から唯一逃げられるハシゴには、カーロッサの人たちがぎゅうぎゅうに集まっていた。ただ、暴動に近い状態になっているようで、みんなが上の人を引きずり落とし、我先に登ろうとしている。あれじゃ、怪我人や死者が出てもおかしくない。

「むぅ。あのままでは、ハシゴが持たぬぞ。何十人もが一度に登って、耐えられるようには出来ておるまい」

「あいや～。大丈夫かな、二人とも……」

アイシャちゃんとルヴルフは、今どこにいるんだろう？　あの騒ぎに巻き込まれていたりしないだろうか。

「ってか、ヴァレンシアさん。あれ、見える？」

指差したのは、眼下に並ぶソリローク軍の中で、ひと際目立つ巨大な投石器（トレビュシェット）だ。それも、尋常じやないぐらいデカい。百年木を芯に使っても、あれほどの大きさにはならない。一体、どんな素材を使っているのやら……。

「あぁ、分かっている。まさか……届かせるつもりか？　この高さを……」

と、恐々と見ていたら、ソリローク軍に動きがあった。

「ちょ、う、打ってきたよ!?　どど、どうする!?」

「おっ、落ち着け！　いかに、あの巨大さでも、この高さはさすがに……」

ヴァレンシアさんがそう言った、刹那……


ドオォォォーーーーン！！！


凄まじい轟音が、あたりに響いた。

「と、届いた？」

「い、いや。ぎりぎり、崖の上端に当たったようだ。だが、次は町まで届くかも知れん」

「ひえぇ。は、早くイドルギ様をお返しして、戦争を止めないと」

すると、ヴァレンシアさんが苦い顔をした。

「イドルギ様は別に、ソリロークのものではない。返すのではなく、解放せねばならん」

「解放って？」

「おそらくイドルギ様は、何らかの力でこの井戸の中に封印されておいでだ。その封印を解くことが出来れば……クソッ。アルマレヴナが折れてさえなければ」

「アルマレヴナが折れてなかったら、何とかなるの？」

「あぁ。アルマレヴナの能力は、陽の光のもとで全ての邪悪なる存在、効果を灼きつくす。……鍛接して繋ぎはしたものの、さすがに能力は消えていた」

『魔力自体はまだ籠っているようです。ですが、鍛接に使った種類の違う金属のせいで、魔力の循環が妨げられている様子。これでは、せっかくの能力も発揮できないでしょう』

と、ミラが私の脳裏に教えてくれる。

「それに……。今さらイドルギ様を解放したところで、彼らの怒りが収まるものかどうか。アレを撃ってきた以上、すでに後には引けないところまで来てしまっているやも知れぬ」

と、ヴァレンシアさんが呟いた、その時……

「危ないっ！」

頭上に影が差した。私はヴァレンシアさんを突き飛ばし、ブロンズソードを抜き放つ。

「はあああっ！」

斬った。

斬って斬って、斬りまくった。

投石器から放たれた巨大な岩を、砂礫（されき）になるまで斬りまくった。

それでも、細かい石つぶてが家々の屋根を突き破ったりはしたけれど、この辺りの住人は避難しているので人的被害はない。ヴァレンシアさんも、〈剛体8〉の鎧のおかげで無傷のようだ。

「と、届いた……これでは、もう……カーロッサは終わりだ」

ヴァレンシアさんが力なく天を仰ぐ。そんな彼女を見て、私は一つ、決意を固めていた。

「よし！　私ちょっと、行ってきます！」

「どこへ行くというのだ……？　いや、そなたの剣ならば、あれだけの数のソリローク軍を相手取っても、皆殺しに出来るやも知れぬが」

「は？　違いますよ。悪いのはイドルギ様を攫ったギリネイラであって、ソリロークの人たちだって利用されているだけでしょ？　私が行くのは、あっち」

そう言って、あごをしゃくって背後の断崖を示す。

「……いや、待て。そなた、何を考えている？」

要はみんなを逃がせばいいんだよね。

そのためには、町の背後にある、あの山が邪魔なわけだ。となれば、やることは一つ！

怒鳴るヴァレンシアさんを置き去りにして、私はハシゴのほうへと走った。

「みんなぁ～！　どいて～！　……いっくぞぉ～！」

「ま、待て！　そなた、一体何を……!?　いや、なんとなく想像つくが、待てと言うに！」

無視して、ブロンズソードを大上段に構える。

「ミラ、いける?!」

『解。いつでも』

「だぁぁりゃっしゃああああああっ！！！」

そして……私は思い切り、ブロンズソードを振り下ろした！


すん……っ。


思いのほか、かすかな音がした。ただそれも一瞬のことで、地鳴りのような低く重い音が町全体を包み込む。……いや、実際に、大地が鳴っているんだ！

カーロッサの背後にあった山は、今、『真っ二つに』切り裂かれていた。

「そ、そなた……な、なんという……なんということを！」

振り返ると、ヴァレンシアさんがわなわな震えていた。

「どう? これならみんな、安全に逃げられるでしょ?」

「そ、そ、そなたはぁっ！ バカなのか?! これでは、カーロッサから王都まで一直線の侵攻ルートを提供してやったようなものではないかっ!?」

「むっ！ 人のことを何も考えてないみたいに。このクリスティン・ファロード、その点に抜かりはないっ！ みんなが逃げたら、こうやって……V字型に斬れば、内側に地滑りが起きて、谷が埋まるんじゃない？　そうやってまた埋めたらいいんだよ！」

「お、お、おのれ……！　く、口の減らぬやつ！」

「んもうっ！　ヴァレンシアさんって、怒ってばっかりだよね？　せっかく美人なのに、怒ってばかりいるとシワが増えるよ?!」

「びっ、びじっ、な、なに……？」

「初めて会ったときだって、世の中にはすんごい美人がいると思ったもん。それなのに、不幸な行き違いから、追って追われての関係になっちゃってさ。何とか関係を修復したいって、ずっと思ってて……」

「あ、いや、その……ウム。それは……」

あれ？　どうしたんだろう？　ヴァレンシアさん、急に真っ赤になっちゃったけど。

町の人たちは、ぽかんと私たちのやり取りを見ていたが……やがて我先にと、新しく出来た道に殺到した。

「よし！　これなら、町の人たちは無事に逃げられるでしょ」

私がすっかり、自分の仕事に満足していたら……背後から、くぐもった声がかかった。

「つく、くくく……。無駄だ」

「だ、だれ!?」

「イドルギ様はもはや元には戻らぬ。例え町の者が逃げたところで、イドルギ様が解放されなければ、ソリローク軍は止まらんだろうよ。どこに逃げようが、やつらは終わりだ」

そこには、ダンジョンに置いてきたはずの、ギリネイラが立っていた。彼女は口から血を滴らせながら、狂気に染まったような顔で話し続ける。

「な、なんであんたがここに!?」

だけど、私は思い出した。ギリネイラの首筋にウル＝グラムが刺さったのは私が折った後だ。魔力は循環せず、能力は発動しなかったんだ。

「きさまっ！　生きていたのか！」

「ははは、ヴァレンシアよ。アルマレヴナを喪ってさぞ悔しいだろうな。この計画の唯一の障害は貴様のアルマレヴナだけだった」

「ぐ、ぐぬ……！」

「その剣が折られたと聞いた時、私は狂喜したよ。今こそ計画を実行に移す時だとね。わが剣ウル＝グラムは全てのものを捻じれさせる。生は捻じれて死に。存在は捻じれて消滅に。……では、神が捻じれて何になると思う？」

「ど、どういうことだ？」

「ははっ。神は捻じれて、魔王になるのさ！　主祭神を穢されたソリロークに、もはや撤退の二文字はない！　ソリロークと、パラクシア、どちらかが滅ぶまで泥沼の争いが始まるのだ！」

「な、なんという……なんということを！」

と、ヴァレンシアさんが背負ってきた井戸の中から、ダンジョンでも見た美しい女の人が姿を現した。イドルギ様だ。だが、そのお姿はみるみるうちに黒く染まっていく。

「さぁ！　讃えよ！　七災王クラスの魔王の誕生だ！」

背から美しい翼が生え、教会の塔よりも高く大きく広がった。だけど、その翼は焼けこげるように黒い部分が増えていき、漆黒に染まろうとしている。

「お、終わりだ……七災王クラスの魔王が領内に現れなどしたら……仮にソリロークとの戦争を回避したとしても、国一つなど、簡単に滅ぶ」

七災王なんていったら、大陸一つをダンジョン化しているような化け物だ。そこは人の住むような土地じゃなくなる。でも……、私は恐怖以上に、怒りに燃えていた。

「あんた……間違ってるよ」

「何とでも言うがいい。私は母様の仇を討つ」

ギリネイラ。彼女も悲しい人だ。でも、一つだけ言えることがある。

「この町には、新しく住み着いた人たちがもうたくさんいる。その人達は関係ない」

それに……、もう一人。私の予想が正しければ、彼女の復讐の犠牲になった人がいるはずだ。

「知るか！　私にとっては、全員一緒だ！」

ま、そうだよね。ここまでのことをした以上、そんなことは分かっていて、それでもなおせざるを得なかったんだろう。復讐は何も生まないなんて、綺麗事は言えない。復讐のためにしか生きられない人もいる。だから私が出来るのは、その他の関係ない人たちのために、彼女を止めることだけだ。

「クリスティン。そなたも早く逃げるといい。あれほどの魔王から逃げられるとは思えぬが、そなたの能力なら、あるいは……」

「ううん。逃げない！　聞いて、ヴァレンシアさん！」

私はヴァレンシアさんの肩を掴み、その目をしかと見据えた。ブロンズソードの能力なら、この状況を打破できる可能性に心当たりがある。だけど、そのためにはヴァレンシアさんの協力が不可欠なのだった。

「私を信じて。あなたの大事なものを、私にください！」

真剣に、ヴァレンシアさんを見つめる。

「そ、そなた、このような状況で、な、何を……!?」

「いいから。首を縦に振って！」

もう、イドルギ様の白い翼が黒く染まり切るまで、いくばくもなさそう。事態は一刻を争う。

「無駄だっ！　神の翼が黒に染まり切るまで、時間はかからぬ！」

狂ったように、ギリネイラが叫ぶ。先ほどまで自ら光を放っていた、イドルギ様の翼……それが闇に染まり、辺りに影を落としている。その羽の最後の一枚が、まさに黒く塗りつぶされようとしていた。

「わ、分かった。そなたに私のすべてを預けよう」

ん……っと、ヴァレンシアさんが目を閉じて上を向く。その唇は心なしか震えていた。私も、ヴァレンシアさんの手を取り、固く握りしめる。

「ありがとっ！」

私はそう言い……ヴァレンシアさんの腰から、アルマレヴナを抜き放った！

+028　シュナ、町を救う

私はヴァレンシアさんの腰から、アルマレヴナを抜き放った！

「ほゎっ？　……えっ？」

ヴァレンシアさんが唇を突き出した変な顔をしている。それ、どういう表情？

「ミラ！　急いで！」

『諾。能力〈成長合成〉を起動。アルマレヴナの取り込みを開始します』

「早くっ！」

ブロンズソードの能力の一つ〈成長合成〉……それは、他の武具を吸収し、その能力を自らのものにすること。すなわち、

『報告。アルマレヴナの取り込みを完了しました。クリシュナの剣はこれにより、ブロンズソード＋999から、ブロンズソード　＋1000相当の剣に進化いたしました』

私はブロンズソード　＋999改め　＋1000を陽の光にかざした。

「間に合って……！」

祈りを込めて、剣を振るった。そして……、

剣から放たれた光が、カーロッサ全体を覆いつくした――――。


「ば、バカな……」

気力だけで立っていたんだろう。ギリネイラがへなへなとくずおれた。すっかり白く戻ったイドルギ様は、穏やかな寝息を立て、井戸の上で休んでいらっしゃる。

「あーっと。そういえば、こっちの問題もあったな」

と、私はもう一つ問題が残っていたことを思い出した。超常的な出来事を前に、九割近い町の人がまだ逃げそびれて残っていた。その中から、小さな人影が躍り出る。

「ギリネイラ！　覚悟っ！」

小さな人影……アイシャちゃんが手にした短剣の切っ先が、ギリネイラの腹に届く、寸前……私はその手を掴み上げた。

「ちょ、放して！　放してよ！」

「ダメだよ。私は君を人殺しにはさせない」

ちょっと考えれば、分かることだった。

そもそも、カーロッサに来ることを提案したのもアイシャちゃんだった。ギリネイラという名前を聞いて、アイシャちゃんが反応したこともあった。そして、私も一度、ギリネイラをスコンプで見かけているという事実。ギリネイラはアイシャちゃんの両親の仇に近い存在なんだろう……というのは、簡単に導き出せる。

「お願い！　あいつは父様の仇なの！　殺させて！　お願い」

「君が何もしなくても、あいつはソリロークの人たちに捕らえられて、罪を償うことになるよ」

神を穢すなんて、最大級の大罪だ。当然、極刑は免れないだろう。

「処刑されるなら、いいじゃない！　私にやらせてよ！　お願い！」

「ん～。そうなんだけどね。でも、多分だけど……、君のご両親は、君に復讐してほしいとは言わなかったんじゃないかな？」

私がそう言うと、アイシャちゃんは「はっ」と息を飲んで動きを止めた。

「偽善だけどさ。私は出来るだけ人を殺したくないし、人殺しも、してほしくないんだ」

「うっ、うぅ……」

大粒の涙が、アイシャちゃんの目からこぼれた。

「卑怯だよね。ごめんね。ギリネイラに直接手を下したほうが、気が晴れるかも知れない。心残りなく、今後の人生を歩めるかもしれない。でも、私はキミに人殺しをさせたくない。だから、これは私の偽善」

アイシャちゃんが泣き崩れる。私はギリネイラに向かって言った。

「この子の親を殺したんだね？　忘れたとは言わせないよ。あなたは自分の復讐のために、関係ない多くの悲しみを生んだんだ」

　覚えているはずだ。自分の復讐のために、犠牲にした人のことを。

「あんたがこの町に復讐しようとした、その心情は、察することは出来る。だけど、私は復讐なんてしないし、させない。この子にも、あんたにもだ。いっそ、自分の復讐を成功させ、代わりにこの子に恨まれて、復讐されたほうが、気が楽だっただろうね？　……でも、そんな連鎖、私が止めてやる。この子をそんな道には落とさせない」

　と、その時、

「ふゎ～あ。あれぇ？　なんかあったんですかぁ？」

　場違いにのん気な声が響いた。見上げると、イドルギ様が、井戸の上で伸びをなさっている。

「イドルギ様！」

　その場にいたみんなが、麗しい女神の前に跪いた。

「あれぇ？　私一体、何を……。あ、あぁ～。なんとなく思い出してきました。もしかして、この町の方々にご迷惑をおかけしちゃったんじゃ……？」

「いえ、そんなことは……」

「それを、ええと、あなた。あなたが救ってくださったんですよね？　なんとなぁく、そんな気がします。私、結構ヤバかったんじゃないですか？　ええと、あなた、お名前は？」

「あっ、はい！　私はクリシュ……じゃなかった、我が名はクリスティン・ファロード！　遍歴の騎士です」

か、神様を前に名前を詐称しちゃったけど。大丈夫かな？　でも、後ろでヴァレンシアさんが呆然と座り込んでいるし、本名を言うわけにもいかないもんね。

「なるほど。では、クリスティン・ファロードよ。そなたの願いを言いなさい。助けてくれたお礼に、叶えられることならば、叶えて差し上げましょう」

「あ、それでしたら……」

私はイドルギ様の前で姿勢を正し、お祈りのポーズを取った。イドルギ様は私の願いを聞き、優しげな微笑みを浮かべ、一つ大きく頷いたのだった。

エピローグ　ヴァレンシア、赤面す

カーロッサでの動乱が終息し、ひと月余りが過ぎた。

「それで？　貴様、そのクリスティンとか申す騎士がイドルギ様にソリローク軍を止めるよう頼んでいる間も、ずっと呆けていたと、そう申すのか？」

ヴァレンシアは、いつかの温泉につかりながら、フェンレッタと秘密の会談をしていた。

「くっ、殺せ」

「ふん。貴様など、殺す価値もないわ。この愚か者め。……まったく。男に縁のない貴様のことだ。おおかた、そのクリスティンとやらに骨抜きにされていたのではないのか？」

「なっ！　ななな、何を言う⁉」

「……まさかとは思ったが、貴様、本当なのか？」

「ううう、うるさいっ！　あのような非常識な男、誰がす、す、好いたりなどするものかっ！　あやつが何をしたか、聞いておらんのか⁈　カーロッサの山を真っ二つにしたのだぞ⁉」

「あぁ、しかも、そのままにしていったそうだな。王都から観光客がわんさと押し寄せて、領主軍もその対応でおおわらわだとか。おかげで〈防疫〉付きアクセサリーの供給が途絶えて、南方への進軍が止まってしまったわ」

「……まぁ、いいではないか。あちらはあちらで、兵がだいぶ疲弊していたと聞く」

「確かに。無茶な進軍だと、私も再三、王に申し上げたのだが。南方諸領主が進軍を強く要請するので、王も手を焼いておられたのだ」

「やはり。……はっ。クリスティン、まさかそこまで見通して？」

ヴァレンシアが呟いているのを、フェンレッタは呆れた目で見つめた。

「それで？　クリスティン、ないし、そやつが持つ剣を王家にもたらすというお役目、果たせそうなのか？　イドルギ様がクリスティンの名のもとに戦を平定なさったおかげで、王都でもその名がじわじわと広がりつつある。やつを引き入れられれば、王家にとって大きな益をもたらすであろうが」

「うっ、それが……やつが竜の背に乗ってその場を後にしてから、とんと足取りがつかめておらん」

「ふん。竜騎士クリスティンか、気取った名だ」

「ぐぬ！　や、やつが竜の背にまたがる姿を見たことがないから、そのように言えるのだ、フェンレッタ！　あれはおそらく、ベヘモットなどとも呼ばれる地竜だぞ？　その姿の、勇猛なことと言ったら……」

「いい、いい。分かった。貴様の脳が蕩けた感想は聞き飽きた。……その、地竜に似た竜が、ラパンデュラの付近で目撃されたそうだ」

「ラパンデュラ！　……魔法学園都市か！」

「あぁ。王都に戻れぬ貴様は知らんだろうからな。わざわざ情報を持ってきてやったんだ。感謝しろ」

「助かる！　やはり、持つべきものは士官学校時代の同輩だ！」

ヴァレンシアはたわわな胸を揺らしながら、フェンレッタに抱き着いた。

「おい、この無駄にデカい肉をよけろ。苦しい」

「つれないことを言うな。昔はよくこうして、訓練の後に一緒に風呂に入ったではないか。王都ではお互い立場があるゆえ、このように腹を割って話せないが……」

フェンレッタがヴァレンシアのたわわな双丘の合間で身じろぎする。

「ふん……なにも、今の情報、タダでくれてやるわけではない。魔法学園都市に近ごろ新たな研究員が招聘されたという。何でも、王立研究院と同等以上の研究成果を、独学で習得した老人だそうだ。もし、信頼に足る相手ならば、こちらからも渡りをつけたい」

「なるほど。そなた、王立研究院の理事も務めていたな。あい分かった！　その任、承ろう！」

ヴァレンシアが両の拳を握りしめた。能天気なヴァレンシアの笑顔を見て、フェンレッタはもう一度だけ「ふん」とつぶやいた。

〈どうのつるぎ　+999の前には伝説の剣もかないません・完〉

番外編　アイシャ、ルヴルフのスケルトン退治

砂漠の町、キーファ。

二十余年前、パララクシア国内に突如現れた小砂漠は、どうやらダンジョンを起源としていたらしい。その砂漠の中心部にぽっかり空いた洞窟の付近に、冒険者たちや、彼らを当て込んだ商人たちが集まり、いつしか町が出来た。それがキーファだ。

「のうのう」

岩トカゲの網焼きなどをメインに提供しているテント式屋台の一角で、アイシャがむすっと黒パンを頬張っていた。そのアイシャに、ルヴルフが声をかける。

「シュナ殿を見かけなかったか？　さっきからおらんのじゃっ」

「ふんっ」

そう言ってアイシャ、再びパンをぱくり。

「シュナちゃんなんか」

「……なんぞあったのか？」

「知らないんだから。シュナちゃんなんか。どっかでお腹でも空かせていればいいんだわ」

「ううむっ、と、とりあえず何を怒っているのか、教えてはもらえぬか」

アイシャの剣幕に、思わずちょっとたじろぐルヴルフである。

「ふ～ん、だ。私の冒険に付き合ってくれるって、言ったのにさ。ちょっと近くで懸賞金のかかった大規模な討伐クエストがあるからってさぁ」

「むっ、そっちに行ったのか。なんじゃったか、ケトルサーペントじゃったか」

「懸賞金が、一匹につき金貨2枚も出るんだって！　だから、スケルトンなんて狩ってる暇はないんだってさ！」

「あ、アイシャ殿。そこ、まだ肉汁が残っておるぞっ。パンもらってよいか？」

「んもうっ！　モグちゃん！　食べたいんならもう一匹買えばいいでしょ」

岩トカゲの網焼きは頑丈な背側を下にして焼く。腹側は弾力があり、しばらく網焼きにしていると、中からの蒸気で次第に膨らんでくる。蒸気と一緒に肉汁が逃げないよう、パンを腹に乗せ、ナイフで突く。そうして腹を開くと、旨味が閉じ込められ、蒸し焼きにされたむちむちの身が詰まっているのだ。

「うむっ、やはり、もう一匹買うかのうっ。すいませ～ん」

「もうっ！　聞いてる？　モグちゃん！」

「お、おお。すまぬすまぬ。聞いておるぞっ」

「だからね、私言ってやったの。どっちが多く狩れるか競争だってって」

ドスッ！

ルヴルフが岩トカゲにナイフを立てる。

「競争？　これはまた無謀なことを……」

「でも、シュナちゃんは砂漠の厄介者ケトルサーペントが相手だし。それに、今回はスチールソード一本でやるって言ってたもん」

ケトルサーペントは、コブラのような頭巾を持つ大蛇だ。その頭巾が硬化し、まるで鍋型鉄兜（ケトル・ヘルメット）のようになっている。その頭巾を広げて地中から飛び出し、あろうことかわずかながらに滑空までするという。

「んぐんぐ。なるほどのぅ。対するこっちは最弱のスケルトンが相手か」

「ね、いい勝負になりそうでしょ？　でね、浅い階層しか潜らないつもりだから、大丈夫だとは思うんだけど。一人ではまだ心もとないっていうか、不安っていうか……モグちゃんに、ついて来てほしいんだけど」

「仕方がないのぅ……」

こうして、アイシャとルヴルフはキーファの町の占有ダンジョンに足を踏み入れることにしたのだった。

＊　＊　＊　＊　＊

「きょわあああっ！」

　ごろんごろんごろん。

　スケルトンに突撃したアイシャが、弾き返されて地面を転がっている。

「うぅ～む。これは今日中に一匹いけるんかのう」

「な、なんの、これしきぃ……えやあああっ」

　ごろんごろんごろん。

「心なしか、スケルトンのほうも申し訳なさそうにしておるぞ……？」

「うぅ～うるさいうるさいっ」

「じゃがのう。相手はスケルトンと言っても、剣すら持っておらぬまさに最弱の〝無手〟スケルトンだというに」

　一口にスケルトンと言っても、その強さには割と幅がある。

　スコンプのダンジョンに現れる、剣を持ったスケルトンなどはアームド・スケルトンと呼ばれていて、その強さは平均的。全身甲冑のナイトと呼ばれるタイプもいる。そんな中、何も持たず、何もまとっていない〝無手〟スケルトンは全スケルトン中、いや、全モンスター中でも最弱の部類に入るだろう。

「ここは〝無手〟しか出ないから、アイシャ殿の訓練にも危険はあまりなさそうじゃが……。しっかし、スケルトンって冒険者の死体が魔物化してるんじゃろ？　もっと個体ごとに装備にも個性が出ても良さそうなもんじゃけどなぁ」

「ひぅ……ひぅ……。そ、装備していた武器や防具はいったん回収されるらしいわ。彼らの武装はダンジョンマスターから支給されているって説が、組合季報に」

「なるほどのぅ。じゃ、ここの魔王はスケルトンに銅の剣すら持たせられないランクっちゅーことか。シュナ殿がケトルサーペント狩りに行きたがるのも分かる気がするのぅ」

「う、うぅ〜。でもでも、たまには私の訓練に付き合ってくれたっていいじゃない。もともと、キーファに寄ったのだってそれが目的だったのに……」

「シュナ殿、スチールソードで散財しちまったからのぅ〜っ。ここらで大きく稼ぎたかったんじゃないか？　まぁ、アイシャ殿の訓練はわれが見てやろうぞっ」

「うぅ。ありがと、モグちゃん」

「ほれ、あやつ、攻撃していいのか困っておるようじゃぞ」

「う、うりゃあああっ！」

ごろんごろんごろん。

「むぅ。剣も使えるようになっておきたいという気持ちは分からぬではないが、アイシャ殿は魔法なり別の道を探したほうが良い気がするのぅ」

「くぉんのぉ……！」

ぐっと膝に力を込めるアイシャ。少女は矢のように飛び出し、剣を前に突き出した。だが、渾身の一撃がスケルトンに届こうとした寸前——、アイシャは石に蹴つまづき、頭からスケルトンに突っ込んだ。

「きょわあああっ！」

「あっ、アイシャ殿っ！」

不幸はそれで終わらなかった。たまたま運悪く、アイシャとスケルトンが重なり合って倒れた先の地盤が緩くなっていたらしい。衝撃で地面が崩落、一人と一体は第二層へと落ちていった。

「アイシャ殿ぉーっ！！！」

一層から二層へと繋がる穴に、ルヴルフの叫びがこだました。

＊　＊　＊　＊　＊

「う、う～ん……」

「おぉ。起きたか」

「モグちゃん……私……あぁ、そっか。一層から落ちたの？」

「うむっ。われがとっさに竜に変わってアイシャ殿より先に駆け下り、背で受け止めたゆえ、傷はないだろうがなっ。だが、無理は禁物じゃぞ。痛むところがあれば言うのじゃっ」

安心させるように、ルヴルフがほほ笑む。

「どうやらこの階層、組合で聞いた第二層の様子とも違うようじゃぞ。もしかしたら、第一到達者になったかも知れぬっ。あぁ、ほれ、あそこ。天井から地上の光が漏れておるし、地上まで一気に出られる出入り口があるのやも」

と、アイシャは鼻をすすり、目に涙を浮かべ始めた。

「う……えぐっ」

「ど、どうした？　どこか痛むのかっ？」

ルヴルフの問いに、アイシャは首をふるふる横に振るばかりで、肩を震わせる。

「違うの。私って、何にも出来ない、役立たずだなぁって。しゅ、シュナちゃんと一緒にいる資格も、な、ないのかもなぁって」

「そ、そのようなことは……」

「でも、モグちゃんは戦えるでしょ。いざとなったら、シュナちゃんを守ることもできるぐらい強いじゃない」

「あ、アイシャ殿はわれらより、物事をたくさん知っているではないかっ。知によってサポートするというのも、ありなのではないかっ？」

「それだったら、ミラのほうが適任だもん……」

「う、それは……」

アイシャの言葉に、ルヴルフもまた落ち込み始める。

「というか、そんなことを言ったら、シュナ殿の強さにはわれですらついていけないからのぅ。一緒にいて役に立てているかと言われると……ミラさえおれば、シュナ殿一人で何でも出来てしまうからのぅ」

「モグちゃんは竜だもん。英雄の相棒として欠かせないパートナーだよ」

「じゃけど、あやつ、われのこと竜だと思ってない節がないか……？」

「何で、シュナちゃんは私たちと一緒にいてくれてるんだろうね？」

「そうじゃなぁ。ケトルサーペント狩りから帰ったら、やっぱり一人のほうが気楽だなんて言い出したりしないじゃろうな」

「う……えぐ……」

「あ、あああ、仮定の話じゃって、仮定のっ」

と、アイシャが泣き出した、その時……奥の暗がりから、白い影が浮かび上がった。

「おっ、おぬし、さっきのスケルトン！　われらが弱ってると見て、襲いに来たかっ!?」

ルヴルフがとっさに身構える。だが、

「モグちゃん、待って！」

「ぬ、どうしたのじゃ、アイシャ殿？」

「よく見て。何か変。私たちに、何か伝えようとしてる……。しず、か、に？」

スケルトンは身振り手振りで、何かを訴えていた。

「なんだろう？　うしろ……？　後ろに何かいるの？」

「む、この音は……」

「モグちゃん！　見て……。あそこ！」

アイシャが指差した先、そこには夥しい数のスケルトンの群れがひしめいていた。〝無手〟ではない。スケルトンナイトの軍勢である。あれほどの数であれば、小さな町なら壊滅しかねない。

「大規模な〈気配遮断〉の魔法を使っておるようじゃのう。これほどの大軍に、気づくのが遅れるなど……魔王め、一層でスケルトンの武装をケチった分、かなりのスケルトンナイトを溜めこんでいたようじゃ。地上へ侵攻し、一気にダンジョンの勢力圏を広げるつもりじゃろう」

その言葉を聞いたアイシャが、何かに気づく。

「まずいよ、モグちゃん！　キーファは今、討伐クエストで冒険者がほとんど出払ってる！」

「むむ……！」

ルヴルフは一度大きく深呼吸した。

「仕方がない。あの程度の数なら、われ一人でも何とかなろうっ。アイシャ殿、ちょっと隠れておるが良いぞっ」

「も、モグちゃん！」

アイシャが止める間もなく、ルヴルフは竜の姿に変身し、スケルトンの大軍の前に躍り出る。

「見ておるかは知らぬが、このダンジョンの魔王よっ。悪いが、おぬしの企み、ここで潰えさせてもらうぞっ」

瞬間、長い爪を伸ばし、竜巻のように斬りこむ。その一閃で、数十体のスケルトンが物言わぬ白骨と化した。

「どんどんゆくぞっ」

大きく息を吸い込むルヴルフ。次の瞬間、階層を丸ごと焦がすかのような超高温のブレスが地面を舐めた。

「す……すごぉっ！　モグちゃん、やっぱすごいんだね！」

「はっはっは。そんなことは、まぁ、あるがのぅっ」

今の攻撃で、数百体いたスケルトンナイトの軍勢は半壊していた。一方のルヴルフは無傷、まだ余裕がある。苦も無く一掃できるだろう。と、その時、

「え、なに？　あっち？　あっちに何かあるの？」

スケルトンが何かを合図した。耳をすませば、低くかすれた声が断続的に聞こえていた。アイシャがスケルトンの示した方向に目を凝らす。……先に気がついたのは、ルヴルフだった。

「まずい！　スケルトンソーサラーじゃっ！」

ルヴルフが、アイシャの前に立ちふさがる。と、スケルトンナイトの残骸の中から、スケルトン

ソーサラーが杖を延ばしたのが同時だった。

「ステンチ・ナフサ！」

杖の先が光り、魔法が発動する――――。アイシャたちがとっさに覚悟した、爆撃も、雷撃も、風刃も起こらなかった。ただ、あたりにツンとした匂いが広がっただけ……なのだが、

「ん？　なに、この匂ぃ……」

「ふ……ふんぎゃあああああっ！」

ルヴルフが地竜状態のデカい図体で、辺りを転げ回る。

「は、鼻！　鼻があああっ」

「っ！　モグちゃんの鼻の良さを、逆手に取ったたっていうこと？　骨のくせに、頭が回る……！」

アイシャはさっと辺りを見回した。

（半分残ったスケルトンナイトたちはだいぶ先まで進んでる。取って帰すにはまだ時間がかかるはず。なら！）

今、スケルトンソーサラーを対処できるのは、自分しかいない。そう断じて、アイシャは駆けだした。

「う、うぅ、アイシャ殿……だめじゃ……一人じゃ、き、きけ……ぐふっ」

「まだ杖が光ってる。思った通り、継続型ね。なら、魔法の発動体……杖さえ奪えば、あいつの魔法は途切れるはず。シュナちゃんみたいな反則でもない限り！」

足場の悪い中を、転びそうになりながら、アイシャは駆けた。アイシャの接近に気づいたスケルトンソーサラーがとっさに岩陰に身を隠す。

「逃がすかぁあっ！」

と、無数の残骸の下から、二体のスケルトンナイトが立ち上がる。

「ま、まだ生き残りがいたの⁉」

一瞬、怯み、立ち止まりそうになる。

「でも、この速度なら……」

スケルトンナイトが、アイシャの進路上に飛び出すより、アイシャが駆け抜ける方がわずかに早い。一瞬で見切り、アイシャはさらに加速する。

「その杖をぉおおおっ、寄越しなさぁあああいっ！」

その時、アイシャの目の端で、何かが光った。スケルトンソーサラーの手元にある、それは指輪だ。悪い予感がした。おそらく、呪文を詠唱しなくても、魔法が発動できる発動体……ソーサラーがとっさに身を守る術を準備していないなどと、考える方が無理がある。

アイシャなど優に飲み込まれてしまいそうなほど巨大な火球が、突如目の前に現れた。

「あ、だめ……」

と、アイシャが覚悟を決めた。

瞬間――――彼女と火球の間に、躍り出る者があった。

「す、スケルトン⁉」

刹那の猶予。スケルトンに魔法が直撃し、わずかに到達が遅れる。その一瞬の隙を縫って、アイシャは横跳びに逃げた。先程までアイシャがいた地面を、火球が焦がす。

「あなたの犠牲、忘れないっ。うおおおっ！」

今度こそ、万策が尽きたのだろう。スケルトンソーサラーは動揺し、動きを止めた。その手に持つ杖に、アイシャは全体重をかけてしがみつく。

「は、離しなさいいいいっ」

だが、悲しいかな、腕力が足りない。先行していたスケルトンナイト隊が、おそらくは指揮官であろうソーサラーを助けに、踵を返す様子が見えた。

「もう、ダメ……なの？」

アイシャが諦めかけた、その時、

ズドドドドドドド！

凄まじい音がして、空から巨大なケトルサーペントが降ってきた！

＊　＊　＊　＊　＊

「あれっ？　アイシャちゃん？」

ケトルサーペントと共に降ってきた女冒険者――クリシュナが、のん気な声を上げる。

「へぇ～。あの砂漠、地下のダンジョンの真上だったのかぁ。いやさぁ、地元勢が強くて、なかなかいい狩り場にありつけなくてね。端っこのほうに追いやられていったら、ケトルナーガ・ラージャなんて最上位種と出くわしちゃって」

そのケトルナーガ・ラージャは、今、残ったスケルトンナイトたちをすべて圧し潰し、息絶えたところだった。

「だから、私が狩れたの、結局これ一匹だけだったんだよ～。そっちは、どだった？」

ぽかん、とシュナの顔を見上げていたアイシャだったが、それはスケルトンソーサラーも同じだった。スケルトンに感情があるのかどうかは分からないが、さすがに、魔王に指揮を任された軍をすべて失い、フリーズしていたのだろう。

「ふんっ」

ドクロの飾りがついた杖をもぎ取り、フルスイング！

スケルトンソーサラーの頭部が、すこーん！　と、すっ飛んでいった。

「私も一匹」

そう言って、アイシャはドヤ顔で奪った杖を掲げて見せたのだった。

私、気楽な冒険者でいたいのに！

あとがき（がわりの座談会）

シュナ　「い、たたた……『作者と冒険の話をしないと出られない部屋』？　なに、ここ？」
アイシャ　「来たのね、シュナちゃん」
シュナ　「あ、アイシャちゃん？　なに、ここ!?　ここがどこだか知っているの？」
アイシャ　「ここは私たちの冒険をもとに本を書いている△・iXとかいうやつが用意した場所よ。そいつ、あとがきで自著のキャラと座談会をするのが長年の夢だったんですって。イキる人が多くてイタイってことで、廃れてしまった文化らしいんだけどね。ま、廃れたのはずいぶん昔のことらしいし、そろそろ許されるだろうって、今回はっちゃけたみたい」
シュナ　「い、色々ちょっと待って。私たちの冒険が本になってるの？　聞いてないんだけど。それに、誰よ△・iXって。男なの？　女なの？　ってか、なんて読むのよ、そもそも」
アイシャ　「年齢性別、ともに不詳だそうよ。それと、読み方は特に決めてないらしいわ。ただ、出版の都合上、便宜的に〝さいとう〟と読み仮名をふったそうだけど」
シュナ　「年齢性別不詳って、怪しいわね」

アイシャ「その方が女子高生からのファンレターを沢山もらえると聞いて、だそうよ」
シュナ「……女子高生からファンレターが欲しいなら、男なんじゃないの？　ってか、そいつと冒険の話をしないと、私たちこの部屋から出られないじゃない！　どこにいんのよ、まったく」
アイシャ「それが……、百合の間に挟まるのはギルティ、だとかで」
シュナ「百合？　それって、花の百合？　花びらに挟まるのが、何でダメなの？」
アイシャ「さぁね？　まぁ、しょうがないから、私たちだけでも、冒険の話をしておきましょ」
シュナ「そうは言ってもなぁ。アイシャちゃんと旅を始めてから、色んな所に行ったよね。美味しいものもいっぱい食べたし。私のお気に入りはバネウオ！　あれ、もう一度食べたいなぁ」
アイシャ「私はチャハルの実かな。初めてお外で食べたご飯だし。トロトロしてた」
シュナ「一度だけ、海のそばを通ったよね。綺麗だったなぁ」
アイシャ「綺麗だったと言えば、天空の町かな。あそこでは色々あったけど……」
シュナ「だね。あちこち行ったよねぇ……。っと、あれ？　扉が開いた？　なんで？」
アイシャ「なるほど。『作者と冒険の話』、つまり『作者の話』と『冒険の話』両方したから」
シュナ「はぁ？　あのルール、そういうことなわけ？　もう、さっさと出よ出よ、こんなとこ」

アイシャ「ちょっと待って。作者からこれだけは伝えるよう言われているの。『初の書籍化で右も左も分からない私を出版まで導いてくださった編集さん。表情豊かなイラストで、本著に彩りを添えてくださった朝日川日和さん。取次ぎ、印刷、書店等、本著の出版に携わってくださった全ての方々。そして何より、この本を手に取ってくれた貴方に、最大限の感謝を』ですって」

シュナ「ふぅん。ま、よく分かんないけど、売れるといいわね」

アイシャ「そうね。書籍化作業で思いのほかメンタルが削れたらしくて、続編にも取り掛かれていないみたいだし。売り上げが良かったりブクマが増えたりすれば、少しはやる気を出すかもね」

シュナ「はぁー、クズね、そいつ。売れなくても書くべきでしょ。ったく。ほら、行こ行こ」

〜シュナとアイシャ、文句を言いながら退出し、座談会終わり。

UG novels UG012

私、気楽な冒険者でいたいのに！
～どうのつるぎ＋９９９の前には 伝説の剣もかないません～

2018年12月15日　第一刷発行

著　　者　△iX
イラスト　朝日川日和
発 行 人　東 由士
発　　行　株式会社英和出版社
〒110-0015　東京都台東区東上野3-15-12 野本ビル6F
営業部:03-3833-8777　編集部:03-3833-8780
http://www.eiwa-inc.com
発　　売　株式会社三交社
〒110-0016
東京都台東区台東4-20-9　大仙柴田ビル2F
TEL：03-5826-4424／FAX：03-5826-4425
http://www.sanko-sha.com/　http://ugnovels.jp
印　　刷　中央精版印刷株式会社
装　　丁　金澤浩二（cmD）
D　T　P　荒好見（cmD）

ISBN 978-4-8155-6012-6

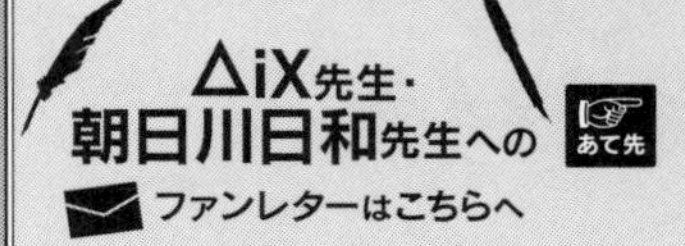

〒110-0015
東京都台東区東上野3-15-12
野本ビル6F
（株）英和出版社
UGnovels編集部

本書は小説投稿サイト『小説家になろう』(https://syosetu.com/)に投稿された作品を大幅に加筆・修正の上、書籍化したものです。

『小説家になろう』は『株式会社ヒナプロジェクト』の登録商標です。